www.tredition.de

AF198455

Hildegard von Eyff

Mit freundlichen Grüßen ins Jenseits

Nachdenkliches und Kurioses aus dem
Tagebuch einer Trauerrednerin

www.tredition.de

© 2021 Hildegard von Eyff

Verlag und Druck:
tredition GmbH, Halenreie 40-44, 22359 Hamburg
Grafik und Layout: Horst Lang BrainworX

ISBN
978-3-347-32650-7 (Paperback)
978-3-347-32651-4 (Hardcover)
978-3-347-32652-1 (e-Book)

Alle Personen und Handlungen sind (nicht ganz) frei erfunden, aber im Sinne des Schutzes der Persönlichkeit so weit verfremdet, dass eine namentliche, räumliche oder zeitliche Zuordnung nicht möglich sein sollte. Im Sinne besserer Lesbarkeit wurde auf die Verwendung von Gendersternchen verzichtet.

Ich danke meinem Ehemann Bernd für die vielen Stunden, die er auf gemeinsame Zeit mit mir verzichten musste

und

meinen beiden Schwestern Martha und Anna-Maria die mich bei der Entstehung des Buches immer wieder motiviert und begleitet haben.

Vorwort

In den letzten Jahrzehnten hat sich ein neuer Humanismus entwickelt, eine weltliche Alternative zur Religion, eine Weltsicht, die ohne Götter, Propheten und Priester auskommt. Dieses „neue oder andere Denken" kennt keinen Gott, kein heiliges Buch und keine Dogmen, sondern orientiert sich an den ethischen Normen, den fundamentalen Bedürfnissen und Interessen der Menschen.

Folge dieser Säkularisierung ist eine individuelle Loslösung von Institutionen und Ritualen des gesellschaftlichen Lebens mit der Konsequenz, dass diese ersetzt werden müssen.

So konnte sich - durch die immer größer werdende Zahl der konfessionsfreien Menschen in unserer Gesellschaft - ein völlig neuer Beruf etablieren, der Beruf des Trauerredners/der Trauerrednerin.
Für mich persönlich ist das ein großes Geschenk, da ich zusätzlich zu meiner therapeutischen Tätigkeit noch eine weitere sinnerfüllte Aufgabe gefunden habe.

Dieses Umdenken in unserer Gesellschaft führt immer mehr dazu, dass sowohl Trauungen als auch vor allem

Trauerfeiern, die noch vor ein paar Jahren fast ausschließlich von kirchlichen Mitarbeitern ausgeführt wurden, heute von freien Rednern übernommen werden.

Trauernde Menschen haben im Laufe der letzten Jahre neue Abschieds- und Jenseitsvorstellungen entwickelt. Dies zeigt die stetig wachsende Zahl der säkulären Trauerfeiern und deren Gestaltungsformen. Trauerfeiern sind individueller, persönlicher und selbstbestimmter geworden.

Während meiner Gespräche mit den Angehörigen eines verstorbenen Menschen kommen sehr häufig Zweifel und Unsicherheit auf, wenn ich die Frage nach einem gemeinsamen Gebet stelle.

Für viele von ihnen scheint es tröstlich zu sein, an irgendeine höhere Macht zu glauben, sie jedoch nicht „Gott" zu nennen. Oftmals ist es eine Kraft- oder Lichtquelle oder auch eines der faszinierenden, freundlichen Himmelswesen, ein Engel zum Beispiel.

Ich selbst orientiere mich ausschließlich am Diesseits und bin durchaus skeptisch gegenüber allem, was für sich Gültigkeit und Wahrheit beansprucht, ohne dafür wenigstens plausible Gründe angeben zu können. Bei alledem ist mir sehr bewusst, dass die Wissenschaft bis heute noch Vieles nicht erklären kann und dass unser Wissen sicher sehr begrenzt ist.

Ein gemeinsam gebetetes „Vaterunser" gehört ganz offensichtlich für viele Menschen auch bei einer weltlichen Trauerfeier dazu. Ungeachtet dessen sollte auch nicht unerwähnt bleiben, dass sich einige Trauernde ihren Trauergästen gegenüber nicht als gottlos offenbaren möchten.

Ist nicht die Grundlage für ein Gebet der Glaube? Und gläubige Menschen leben mit Gott? Wie passt das zusammen? Ich erkläre mir das so:
Im Gebet überschreitet der Mensch sein Ich und die Grenzen seines Verstehens.
Er gewinnt Abstand zu sich selbst, möglicherweise auch zu einer Belastung oder einer schwierigen Situation. Der Mensch schöpft also Kraft und pflegt auf diese Weise langfristig Wünsche und Bedürfnisse, die zunächst unerfüllbar erscheinen.
Im Gebet unterscheidet der Mensch klar zwischen dem, was er selbst tun kann, und dem, was nicht in seiner Macht steht.

Möglicherweise ist die Anbetung von Gott für einige Menschen auch genau deshalb bei der Verarbeitung der Trauer so hilfreich, ist dies noch ein vertrautes Ritual aus ihrer Kindheit. Wenn sie beten, empfinden sie die Geborgenheit der Eltern, den Familienzusammenhalt und fühlen sich bei ihrer Trauer durch diese Gemeinschaft nicht allein.

Meine Aufgabe als freie Rednerin ist es, jeden Wunsch der Trauernden, soweit er im Rahmen ist, zu akzeptieren. Bei einer Trauerfeier für einen Jäger hatte ich von der Familie den Auftrag, auch diesen Text zu verlesen:

Ihr glaubt der Jäger sei ein Sünder,
weil selten er zur Kirche geht.
Im grünen Wald, ein Blick zum Himmel,
ist besser als ein falsch' Gebet.

Jede Trauerfeier, ob weltlich oder religiös ausgerichtet, ist ein ehrlicher Rückblick auf das Leben eines Verstorbenen – die Würdigung seiner Person und seines Lebenswerkes.
Eine christliche Trauerfeier beispielsweise ist etwas anders gewichtet. Hier steht Gott, der Schöpfer allen Lebens und das Zeugnis des Auferstehungsglaubens im Vordergrund.

Bei allem, was ich mir während eines Trauergespräches aufschreibe und später sagen werde, steht immer und ausschließlich der verstorbene Mensch mit seiner Biographie im Vordergrund, seine Fähigkeiten und Leidenschaften, seine Bedürfnisse und Wünsche, seine Ziele und seine Träume.

Ich sehe meine Aufgabe darin, Botschaften, Geschichten und Gefühle zu vermitteln. Wie persönlich und wie emotional eine Trauerfeier wird und was genau ich über einen Verstorbenen erzähle, hängt davon ab, wieviel ich über den verstorbenen Menschen erfahren habe.

Mir ist wichtig, dass in meinen Trauerreden allgemein gültige Phrasen keinen Platz finden.

Viele, wirklich gute und tiefgründige Texte oder Gedichte müssen aber in Ruhe und meist auch mehrmals gelesen werden, um sie in ihrer Ganzheit erfassen zu können.
Am liebsten wähle ich daher Texte aus, die den Zuhörer sofort erreichen, sein Herz berühren oder auch nur einen Moment zum Nachdenken anregen. Das Philosophieren über und das Interpretieren von Gedichten und Texten vermeide ich.

Die Aussage, dass nirgendwo so viel gelogen wird wie auf einer Trauerfeier, kennt jeder. Selbstverständlich ist eine Trauerfeier keine Abrechnung mit einem Verstorbenen, doch eines ist klar:
Die Trauergäste kennen den Verstorbenen vermutlich viel besser als ich und somit auch seine möglichen Schattenseiten. Es liegt also an mir, wie verantwortungsvoll ich mit diesen Informationen umgehe und sie in meine Rede mit einfließen lasse.

Wenn es mir bereits im Trauergespräch gelungen ist, die vielen Informationen, Geschichten und Sichtweisen aller Anwesenden aufzunehmen und mir damit ein umfassendes Bild des Verstorbenen zu verschaffen, dann gelingt es mir auch, dieses Bild später in der Trauerrede so bunt zu präsentieren, dass es vor den verschlossenen Augen der Trauergäste neu entstehen kann.

Und wenn meine Worte die Herzen der Trauernden erreicht haben, dann ist meine Aufgabe für diesen Trauerfall erfüllt.

Easy Rider

„Sie haben ihren Zielort erreicht", sagt meine unentbehrliche Mitfahrerin „Sony" mit freundlich sachlicher Stimme. „Bist du dir da ganz sicher?", frage ich, ohne auf eine Antwort zu warten. Es wäre nicht das erste Mal, dass sie mir meinen Zielort verspricht und ich danach im Niemandsland gestrandet bin. Auch jetzt traue ich ihr nicht so ganz.

Mein Lieblingsbestatter hatte mich angerufen:

„Ich habe da etwas Spezielles für Dich, Du solltest aber unbedingt bei Tageslicht hinfahren – U-huweg." Da war ich noch nie, aber ich habe ja meine unentbehrliche Begleiterin „Sony".

Es ist Februar, das mit dem Tageslicht ist nicht so einfach, denn es wird früh dunkel und natürlich konnte ich nicht so früh los, wie ich eigentlich vorhatte. Nach Sonys Hinweis steige ich aus dem Auto, gehe ein paar Schritte, schaue mich um und sehe – nichts. Dann, als sich meine Augen an die Dunkelheit gewöhnt hatten, taucht einige Meter vor mir der schemenhafte Umriss eines Gebäudes auf. Ist das eine Falle? Meine Taschenlampe und mein Alarmgerät habe ich in der Handtasche – ich habe beides Bernd zuliebe immer dabei, finde es aber eigentlich lächerlich, damit zu Trauergesprächen zu gehen.

Wer soll denn hier wohnen? Hier im Stadtwald? Hier hat Ingo Wittloge gelebt? - Doch wohl eher gehaust, denke ich! Was für ein Mensch lebt hier? Ein Eremit? Ein Aussteiger? Ein mittelloser Mann ohne Arbeit?

Nun, offensichtlich bin ich hier richtig, denn die Haustür öffnet sich. Ein großer schwarzer Hund stürmt mir bellend entgegen und setzt sich direkt vor meine Füße. Mit tiefer Stimme knurrt er mich an und macht den Eindruck, als ob er mich nicht ins Haus lassen möchte.

Eigentlich habe ich keine Angst vor Hunden, im Gegenteil. Doch diesmal spüre ich deutlich: Das ist eine gefährliche Situation.

Mein Herz schlägt bis zum Hals. Soll ich jetzt an dem silbernen Band ziehen und den schrillen Alarm auslösen?

Bevor ich weiter überlegen kann, bewegt sich ein Lichtstrahl leicht tänzelnd auf mich zu und blendet mich. Für einen Moment ist alles schwarz vor meinen Augen und natürlich kaue ich - wie immer in angespannten Situationen - auf meiner Unterlippe herum.

Jetzt erkenne ich erst, dass der Lichtstrahl von einem kleinen Schatten begleitet wird. „Karlos aus" ermahnt eine kindliche Stimme den Hund zu schweigen. Karlos entspannt sich sichtbar und ich auch. „Sie sind Frau Eyff?", sagt das Kind. „Ich bin Kerstin". - „Von " korrigiere ich, „von Eyff".

Karlos voraus stakste ich hinter Kerstins Silhouette her auf ein erleuchtetes Gebäude zu. Im Licht des Eingangs kann ich sehen, dass Kerstin kein Kind, sondern eine hübsche junge Frau Mitte Zwanzig ist.

In der Diele reizt ein fieser Geruch meine Nase. In meiner Kehle steigt Säure auf und sofort werden Erinnerungen an mein Praktikum in der Pathologie einer Offenbacher Klinik wach.

„Warum lüftet hier keiner?", denke ich. Gerade hier, mit einem so pflichtbewussten Wachhund, könnte man Tag und Nacht die Fenster geöffnet lassen – naja, nicht immer, es ist schließlich Februar.

Wir gehen weiter in eine Werkstatt, die von der Diele nur durch einen muffig anmutenden und durchlöcherten Vorhang getrennt ist. Hier müssen Mäuse am Werk gewesen sein. Der Raum ist feuchtkalt und es riecht nach Diesel und Gummi.

Ein Auto sehe ich auf den ersten Blick hier nicht. Unter einer dunklen Folie ist der Umriss eines Motorrads erkennbar, an der Wand stehen hochaufgetürmt zahllose Getränkekisten und ein fast ebenso hoher Stapel Autoreifen. Alles andere scheint Altmetall zu sein.

Mit dem Hinweis darauf, dass dies Ingos Kreativ- und Hobbyraum war, unterstreicht Kerstin die Bedeutung dieses Raumes. Sie geht offenbar davon aus, dass er mich in einer Eigenschaft als Trauerrednerin interessieren könnte. Sie führt mich weiter in den Wohnbereich.

Die Frage, ob ich ablegen möchte, verneine ich wie aus der Pistole geschossen und schaue Kerstin erstmals in die Augen, um sie richtig zu begrüßen. Nur nicht ablegen denke ich mir, obgleich ich meine Jacke ohnehin zuhause waschen werde.

Ein endlos lang erscheinender Tisch biegt sich unter der Last unzähliger Flaschen, Gläser und überfüllter Aschenbecher. Darum versammelt sitzen schwarz gekleidete Männer. Nach ersten Schätzungen mindestens ein Dutzend. „Wie die Ritter der Tafelrunde", denke ich. Am Tischende steht, an eine der Flaschen angelehnt, ein welliges Foto von einem jungen, attraktiven Mann. Es ist Ingo Wittloge. Ein schneidiger Typ urteile ich stumm.

Ich schaue in die Tafelrunde und denke: „Wie kann man sich nur so zurichten?" Sind die Matchboxautoreifen in den Ohrläppchen der schwarzen Herren Ohrschmuck oder Ausdruck einer SM–Orientierung?

Ich lächle freundlich und so verklemmt, wie ich mich schon lange nicht mehr erlebt habe, in die große Runde und setze mich auf den einzigen freien Stuhl. Sofort legt sich Karlos auf meine

Füße und platziert seine Schnauze auf meinen Schoß.

Erstaunlich, wie sich die kleine Kerstin als einzige Frau unter diesen schwarzen Männern offensichtlich wohl und sicher fühlt, während mir total mulmig zumute ist. Bisher blieben mir Situationen wie diese fremd. Ich kann diese Männer einfach überhaupt nicht einordnen. Und auch hier mag ich es überhaupt nicht, die Worte „mein Beileid" auszusprechen. Es ist zwar so üblich, aber für mich eine abgenutzte hohle Phrase...

Ich blicke auf meine Gesprächsunterlagen, die ich bis jetzt immer noch auf meinem Schoß liegen habe. Von Bestatter Schwarze, mit dem ich seit 7 Jahren zusammenarbeite, bekomme ich immer nur per Mail die Geburts- und Sterbedaten der Verstorbenen. Mehr weiß ich also zu diesem Zeitpunkt noch nicht. Für alle weiteren Details habe ich einen selbst ausgearbeiteten Fragebogen.

Ganz entgegen meinen üblichen Gewohnheiten muss ich mir heute einen Ruck geben, endlich mit meinen Fragen zu beginnen. Ich bitte Kerstin Prage, mir zu erzählen, was überhaupt passiert ist, wie es zu dem Tod gekommen ist.

Kerstin erzählt – die Männer rühren sich nicht. Ingo ist gestern verstorben. Ich erfahre, dass die Männer Ingos beste Freunde sind und sich bereits seit 10 Jahren aus dem „MC Fatboys" kennen. In den letzten Wochen waren sie täglich im Uhuweg und haben in ihren Schlafsäcken auf der Diele übernachtet. „Vermutlich geht keiner von ihnen einer geregelten Arbeit nach", denke ich.

Ich bemühe mich bei meiner Arbeit neutral und vorurteilsfrei zu sein, aber diese Muskelmänner erfüllen alle meine bekannten Klischees. Gleichzeitig beginnen sie aber auch, mich auch auf eine gewisse Art zu faszinieren. Irgendetwas ist da, was mich neugierig macht.

Vor genau drei Monaten wurde bei Ingo ein aggressiver Tumor festgestellt, der bereits die Leber und das gesamte Skelett befallen hatte. Die Ärzte machten ihm von Anfang an keine Hoffnungen. Ingos noch verbleibende Lebenszeit wurde auf nur ein paar Wochen vorausgesagt.

Kerstin erzählt weiter, dass Ingo ein absolut lebensbejahender Mensch war, der gerne zur Arbeit ging. Er war Dachdecker in einem kleinen Dreimannbetrieb.

An den Wochenenden fuhr er mit seinen Jungs und seiner heißgeliebten Honda Black Shadow Spirit 750 über Land. Einfach nur so, des Fahrens wegen.

Kerstin, 22 Jahre alt und somit 12 Jahre jünger als Ingo, lernte ihn erst vor ein paar Monaten kennen. Zu diesem Zeitpunkt fühlte er sich bis auf eine schnelle Ermüdbarkeit und eine auffallende Gewichtsabnahme noch topfit.

Das Haus mit dem jahrzehntelangen Investitions-stau hatte Ingo erst ganz kürzlich, zusammen mit dem Boxerrüden Karlos, von seinem Onkel geerbt.

Ich frage mich: „Wie kann ein 32-jähriger Mensch mit einer derart traurigen und vollkommen aussichtslosen Prognose überhaupt fertig werden und was fängt er mit seiner wenigen, noch verbleibenden Zeit an?“

Nach Kerstins Einschätzung war Ingo kein Mensch, der schnell aufgab. Er war ein Positiv-denker mit einem wunderbaren Humor und schien tatsächlich mit dieser extremen Lebenssituation gut umgehen zu können.

In den Tagen nach der Diagnosestellung saß er oft stundenlang an seinem Computer. Er bestellte sich T-Shirts mit ebenso provozierenden wie makabren Aufdrucken wie z. B. „behindert aber nicht blöd“.

Die Jungs am Tisch sind also alle Ingos Freunde. Sie wechselten sich anfangs noch mit Besuchen ab, übernahmen Arbeiten im und am Haus, besorgten Ingo Medikamente und fuhren ihn regelmäßig zu Therapien und Untersuchungen in eine nicht gerade nahegelegene onkologische Praxis. Kerstin gesteht mir, dass sie emotional mit dieser ganzen Situation komplett überfordert war.

Bei einer Einkaufstour für Ingo löste einer der Kumpels die unzähligen leeren Pfandflaschen im Supermarkt ein und sorgte für Biernachschub.

Auch Ingos Lottoschein wurde bei dieser Gelegenheit wieder für 2 Wochen verlängert. Bereits seit seinem 18. Lebensjahr tippte Ingo konsequent die gleichen Zahlen. Aber diesmal war alles anders: Nicht Ingo verlängerte den Lottoschein, sondern sein Kumpel Eddy - und es passiert das Unfassbare: Ingos Glückszahlen machten ihn zum Millionär.

Strahlend erzählt Kerstin, dass Ingo sich kurzerhand einen lang ersehnten Traum erfüllte und sich eine große Harley Davidson kaufte. Seine Kumpels, natürlich alle Motorradfahrer, lud er zu einer gigantischen und unvergesslichen Reise in die USA ein und fuhr mit ihnen auf der legendären Route 66. Mit Ingos Worten gesprochen war dies „die geilste und intensivste Zeit" seines Lebens".

Kaum wieder zu Hause angekommen spürte Ingo extremen Schwindel mit massiven Sehstörungen – der Anfang vom Ende. Ab jetzt begann für ihn der Wettlauf mit der Zeit, denn jetzt ging es ihm mit jedem Tag schlechter. Deutlich spürte er, dass ihn seine Kräfte rasant verließen. Täglich kamen neue Krankheitssymptome hinzu.

Sein unfassbares Vermögen teilte Ingo großzügig unter seinen Kumpels auf. Von diesem Tag an feierte er täglich mit ihnen das Leben. An jedem Tag

der Woche, ohne auch nur eine einzige Ausnahme, fand eine Party im Uhuweg statt. Ein Par-
tyservice lieferte die feinsten Leckerbissen, bis in
die frühen Morgenstunden dröhnte Heavy Metal
Musik und es floss viel, sehr viel Alkohol. So ausgelassen wie in dieser Zeit hatten ihn seine Kumpels bis dahin nie erlebt. Von seiner letzten Party
am 28. April verabschiedete sich Ingo ungewöhnlich früh, um 22.30 Uhr. Gegen 00.05 Uhr rief
Kerstin den Bestatter an.

Ich habe nun genug Informationen für meine
Trauerrede zusammengetragen und verabschiede
mich. Sehr nachdenklich fahre ich nach Hause.

Vier Tage später steht ein schwarz lackierter Sarg
unter dem Kreuz der Friedhofskapelle in Maintal.
Auf dem Sarg ist eine „Metal Fork" in Silber – das
Wahrzeichen von Wacken - angebracht.

Während ich letzte Vorbereitungen für die Trauerfeier treffe, nimmt mich der Bestatter, Herr
Schwarze, zur Seite. Er testet generell vor jeder
Trauerfeier die Tauglichkeit der selbstgebrannten
CDs von Angehörigen in dem alten Gerät der Kapelle. Er hat Sorge, dass die ausgewählten Lieder
für die Trauergemeinde nicht zumutbar sind. Ich
beruhige ihn, obgleich ich durchaus auch ein
Stück weit seine Meinung teile. Es sind die Texte
der Lieder, die ich grenzwertig finde.

Und dann plötzlich höre ich ein anhaltend don-
nerndes Getöse unzähliger Motorräder, das immer

näherkommt und vor der Kapelle verstummt. Die Männer vom Uhuweg steigen ab, natürlich in ihren schwarzen Lederkutten.

Eines der Motorräder wird in den Mittelgang der Kapelle geschoben. Es ist Ingos Harley. Auf dem schwarzen Ledersitz liegt eine weiße Rose.

Mit zittriger Stimme und knappen Worten lässt mich einer der Jungs wissen, dass er auch ein paar Worte zu der Trauergemeinde sprechen und ein anderer Kumpel ein Lied singen möchte.

Für einen Moment bin ich sprachlos und gerührt. Dann hält er vor dem Sarg kurz inne und bricht in Tränen aus. „Ingo war der beste Kumpel, dem man in seinem Leben begegnen kann", schluchzt er.

Alle Plätze in der Trauerhalle sind bereits besetzt, obwohl noch fast eine Stunde Zeit ist. Schwarze schaltet die zusätzlichen Außenlautsprecher ein. „Heute wird es voll" sagt er.

Punkt 11.00 Uhr erschüttert Musik von Rammstein die Stille und einen Großteil der Trauergemeinde.

Mein erster Satz:

„Ab heute ist Schluss mit lustig!", lässt die ersten Tränen fließen. Für die meisten Trauergäste beginnt eine erst noch befremdliche, außergewöhnliche und dann extrem berührende Trauerfeier - die Trauerfeier für den liebenswertesten Kumpel der Welt.

Als der Sarg ins Grab abgesenkt wird, singt einer der Männer das Lied „Somewhere Over The Rainbow" aus „Alice im Wunderland" und begleitet sich feinfühlig auf der Gitarre. Ich könnte vor Rührung versinken. Schöner und gefühlvoller hätte es Israel Kamakawiwo nicht singen können.

Die „harten" Jungs verneigen sich an Ingos Grab und einer von ihnen lädt die Gäste zu einem gemeinsamen „Vaterunser" ein.

Auf Wiedersehen

Es ist der 20. April und seit Tagen dominiert das Tief Edelgart mit Dauerregen. Wieder einmal steht unser Keller unter Wasser. Wir haben das Wasser schon die halbe Nacht abgesaugt und die Trockenmaschine läuft noch immer. Bernd nimmt die letzten Pfützen mit einem Lappen auf.

Jetzt stehe ich in meinem Ankleidezimmer und frage mich, was ich bei diesem Sauwetter anziehen soll, denn die Trauerfeier wird im Friedwald stattfinden. Das heißt für mich natürlich noch lange nicht, dass ich meine Wanderkleidung tragen werde.

Oftmals werden die Angehörigen von den Bestattern oder dem Forstamt bereits darauf hingewiesen, bequemes Schuhwerk und angemessene wetterfeste Kleidung zu tragen.

Bei der Auswahl meiner Kleidung gehe ich immer ganz systematisch von unten nach oben vor, dabei sind für mich persönlich die Schuhe für das Outfit das Wichtigste.

Ich habe für alle Gelegenheiten die passenden Schuhe. Erst kürzlich habe ich sie einmal durchgezählt und mit Erstaunen festgestellt, dass es viele waren. Sehr viele. Für diese besondere Gelegenheit heute bin ich leider nicht so gut ausgerüstet, ich besitze nämlich überwiegend hohe Schuhe. Sie lassen meine Beine schlanker erscheinen. Für Regenwetter sind sie leider nicht das Richtige.

Ausnahmsweise entscheide ich mich heute für eine schwarze Jeanshose und meinen schwarzen Regenmantel ohne Kapuze. Ich hasse Kapuzen, da sie meine Haare durcheinanderbringen und unvorteilhafte Schatten auf mein Gesicht werfen.

Bernd empfiehlt mir eindringlich, meine schwarzen Gummistiefel, die ich gerade noch beim Wischen im Keller getragen habe, anzuziehen. Wie immer hat er natürlich Recht. Es kostet mich eine immense Überwindung, so rustikal angezogen vor den Trauergästen zu erscheinen.

Mit dem Gartenschlauch frisch abgespritzt stellt er sie mir, noch halb nass, zum Mitnehmen vor die Haustür.

Im Kofferraum meines Autos breite ich nun den Sportteil meiner Tageszeitung ordentlich aus und lege die Gummistiefel darauf. Ich finde immer eine Verwendung für die Sportberichterstattung, meist rolle ich den Biomüll darin ein. Die Zeitung besteht gefühlt zur Hälfte aus der Sportberichterstattung. Darüber ärgere ich mich jeden Morgen. Es gibt doch weiß Gott eine Menge wichtigerer Themen.

In meinem Kofferraum hat alles seinen festen Platz: Ganz hinten quer liegt ein schwarzer Regenschirm, so ziemlich im rechten Winkel dazu ein zusammengeklapptes Rednerpult für Trauerfeiern an ungewöhnlichen Orten. Das kommt immer öfter vor.

Ich habe auch schon eine Trauerfeier im Garten eines Hotels abgehalten. Das war besonders stilvoll und passte hervorragend zu der Lebensart des Verstorbenen.

Links im Kofferraum liegt meine schwarze Kunststofftasche. Darin befindet sich eine schwarze Ersatzstrumpfhose, ein Kamm, ein kleiner Spiegel, ein Tütchen mit Sicherheitsnadeln, Deospray und Desinfektionstüchern, da ich den Trauergästen immer zur Begrüßung die Hand gebe.

Auf dem Weg zum Friedwald geben mir meine Scheibenwischer einen deutlichen Hinweis darauf, dass sie die 38 km bis dorthin vielleicht nicht mehr überleben werden. Heute müssen sie aber auch wirklich schwer arbeiten.

Im Autoradio spielt passenderweise „The sun ain´t gonna shine anymore" von den Walkerbrothers. Das habe ich schon als Jugendliche immer gerne und laut mitgesungen.

Im Friedwald finde ich kaum noch einen Parkplatz, obwohl ich wie immer eine Stunde früher vor Ort bin.

Heute wird die Urne von Hans B. beigesetzt. Er arbeitete in leitender Position in einem großen Unternehmen, das elektronische Bauteile für Autos herstellt, und soll wohl in seinem Ort eine bekannte Persönlichkeit gewesen sein.

Bestatter P., heute ausnahmsweise auch einmal im Anorak, ist schon da und hat die Urne bereits dekorativ mit einer durchsichtigen Folie abgedeckt und auf einen eigens dafür vorgesehenen Baumstamm gestellt. Sie ist mattgrün mit einem goldenen Baum. Viel mehr Schmuck gibt es nicht. Keinen Urnenkranz, keine Blumen. Das finde ich gut. Wir befinden uns in der Natur und da sollte man auch ihr die Dekoration überlassen. Viel mehr ist sowieso nicht erlaubt.

Gott sei Dank hat es, zumindest für einen Moment, aufgehört zu regnen, doch der Boden ist völlig durchnässt. Vorsichtig setze ich einen Fuß vor den anderen und danke Bernd für seinen Rat mit den Gummistiefeln. Bloß nicht die Hose verspritzen. Ein Albtraum. Jeder Schritt verursacht Geräusche und verhindert ohnehin zügiges Laufen.

Am Andachtsplatz angekommen ertönt der Frühling aus den „vier Jahreszeiten" von Vivaldi - nicht etwa live gespielt, sondern von einem in einen blauen Müllsack eingepackten CD-Player wiedergegeben. Dieser verhindert leider, dass Vivaldi so strahlend und klar klingen kann, wie man ihn kennt.

Mein Schlusswort ist gesprochen und die Trauergäste folgen meiner Aufforderung, gemeinsam den letzten Weg mit Hans B. zu seinem Baum zu gehen. Es regnet schon wieder. Ich überlege mir bereits auf dem Weg zur Grabstätte, was ich von meinem Text noch alles streichen werde. Durch das Tropfgeräusch des Regens auf die Schirme der Gäste wird mich niemand mehr verstehen können und alle wollen nur noch Eines: Ins Trockene - zu ihrem Auto.

Am Grab spreche ich zwei kurze persönliche Sätze zu „Hans" und Bestatter P. senkt die Urne ab. Wir beten gemeinsam ein „Vaterunser". Ich streue eine Hand voll bereit gestellter Efeublätter als letzten Gruß in die Grube, die sich mittlerweile mehr und mehr mit Wasser füllt und es ist wunderschön anzusehen, wie die Blätter auf der Oberfläche tänzeln.

Jetzt folgen die Angehörigen mit dem gleichen Ritual. Die Grube hat sich mittlerweile so weit mit Blättern gefüllt, dass die Urne nicht mehr sichtbar ist.

Wir verlassen gerade die Grabstelle als hinter uns ein geheimnisvolles Blubbern unsere Aufmerksamkeit erregt.

Hans ist nochmal aufgetaucht.

Peinlich, peinlich

Erich, der Vater meiner Freundin Renate ist verstorben. Ich mochte ihn sehr. Er war auch für mich wie ein Vater. Als junges Mädchen war ich oft bei Renate zu Hause. Ihr Vater hat uns alles erlaubt und tolle Späße mit uns gemacht. Über all die Jahrzehnte ist dieser Kontakt nie abgebrochen. Und heute fragt sie mich:

„Kannst du die Rede für Papa halten?"

Für einen Moment zögere ich und dann sage zu ihr: „Nein, das ist mir zu emotional. Lass uns nach einem Trauerredner suchen."

Wir überlegen, ob wir diese Aufgabe auch Erichs engem Freund Willi übertragen können. Immerhin war er jahrzehntelang Vorsitzender des hiesigen Musikzuges und zwei Tage später treffen wir uns mit Willi in Erichs Wohnung.

Willi sieht schlecht aus, er hat deutlich an Gewicht verloren. Wie immer trägt er seine beigefarbene Baumwollhose und ein kariertes Hemd mit Buttondown Kragen, allerdings nicht geknöpft. Dass er beigefarbene Söckchen in seinen Sandalen trägt, stört wahrscheinlich wieder einmal nur mich.

Mit Willi ins Plaudern zu kommen fällt nicht schwer. Ich schlage also vor, dass wir uns zunächst auf das Wesentliche konzentrieren, nämlich auf Erichs Leben und mit dem Zusammentragen der vielen Ereignisse in seinem Leben beginnen. Willi schreibt Wort für Wort mit.

Uns fallen unzählige Geschichten mit Erich ein, die uns immer wieder auch zu herzhaftem Lachen veranlassen. Unsere Sätze beginnen fast alle mit „weißt du noch…?".

Wir sind uns schnell einig, dass die Trauerfeier für Erich locker, unterhaltsam und durchaus auch amüsant werden darf – so wie Erich es war.

Alle wichtigen Informationen sind nun auf Willis Schreibblock dokumentiert und wir bleiben noch bei einem Glas Wein ein wenig zusammen.

Renate erzählt, dass Erich ihr in den letzten Jahren regelmäßig Geld zusteckte, das er sich mit diversen Handwerkertätigkeiten dazu verdiente und an dem er das Finanzamt nicht beteiligen wollte. Dieses Geld versteckte Renate für ihn all die Jahre im Bettkasten ihres Schlafsofas.

Als sich abzeichnete, dass Erichs Erspartes bei Weitem nicht ausreichen würde, um die bevorstehenden Kosten für ein Pflegeheim decken zu können, sah er seine Ersparnisse bei seiner Tochter bestens aufgehoben, um hin und wieder das eine oder andere Extra außerhalb des Pflegeheims finanzieren zu können.

Renate erzählt mir auch, dass Erich immer sehr stolz auf seine Tochter war. Mir kam das bekannt vor und ich unterstellte ihm, dass er dadurch sein eigenes Selbstbewusstsein aufbessern wollte. Überall in seinem Zimmer hingen und standen Fotos von seiner „großartigen" Tochter.

Ich finde Renate im Übrigen auch großartig und bewundere sie, schließlich ist sie ja genau deshalb auch meine beste Freundin. Leider sehen wir uns nur selten, da sie als Oberärztin auch noch zusätzlich für Nacht- bzw. Notdienste bereitstehen muss.

Sie erzählt mir weiter, wie peinlich es ihr immer war, wenn ihr Vater überall im Freundes- und Bekanntenkreis sowie in der Nachbarschaft von seiner Tochter, der „Frau Doktor", sprach.

Während sie das erzählt, kullern Tränen über ihre Wangen. Jetzt frage ich mich aber auch: Ist es nicht etwas ganz Wunderbares, wenn ein Vater stolz auf die Leistungen seiner Tochter ist? Es ist doch eine ganz besondere Hochachtung, die er zum Ausdruck brachte. Wie schade, dass sie damit über all die Jahre so ein Problem hatte.

Ein sehr unterhaltsamer und ergreifender Abend neigt sich dem Ende zu. Lange schon habe ich nicht mehr so viel Zeit mit meiner Freundin verbracht und bei der Gelegenheit auch noch mehr über sie und ihre Beziehung zu ihrem Papa erfahren dürfen.

Am Samstag erscheint Erichs Traueranzeige in der Tageszeitung. Sie ist die einzige mit einem bunten Rahmen. Darunter steht der Wunsch an die Trauergäste, in bunten Farben zu erscheinen.

Das hat Renate genau richtig entschieden. Die Anzeige fällt sofort ins Auge. Das würde ihn freuen. Erich stand immer gerne im Mittelpunkt.

Eine Woche später, am Donnerstag, finden sich die Trauergäste allmählich auf dem Friedhof ein.

Nur der Bestatter trägt schwarze Kleidung. Als ich ihn vor sechs Jahren kennen lernte, gab er mir den guten Rat, als Trauerrednerin grundsätzlich schwarze Kleidung zu tragen. In seinen ersten Berufsjahren machte er nämlich die bittere Erfahrung, dass er bei einer Trauerfeier der Einzige war, der ein buntes Hemd trug, obwohl es zuvor so vereinbart wurde.

„Ich fühlte mich wie ein Clown", sagte er. Diesen Satz habe ich mir sehr gut gemerkt.

Das Eingangslied ist gespielt, Willi schreitet in einem dunkelblauen Anzug aus den 80er Jahren, der ihm sicher damals gut passte, nach vorne. Dazu trägt er eine sehr farbenfrohe Fliege.

Er verneigt sich vor der Urne und geht an das für ihn deutlich zu hohe Rednerpult. Die meisten Gäste können nur seine obere Gesichtshälfte sehen, die hinteren Reihen eine wippende Glatze.

Willi eröffnet seine Rede mit einem kleinen Vers von Heinz Ehrhard:

> *„Wir wollen nur das Eine hoffen –*
> *Du hast es oben gut getroffen"*.

Dann kommt er, so wie wir ihn kennen, ins Plaudern. Was er sagt, klingt spontan und unvorbereitet. „Willi, wo sind deine Notizen?" frage ich mich und wage es kaum, zu Renate zu schauen.

Aus den vielen, schönen Geschichten vom Freitag schien Willi offensichtlich eine ganz besonders fasziniert zu haben: Die Geschichte vom versteckten Geld im Schlafsofa. Und genau diese zelebriert er nun detailliert den Trauergästen mit einem genussvollen Schmunzeln in seinem Gesicht.

Währenddessen versucht Renate mit hochrotem Kopf und unmissverständlichen Handzeichen zu Willi diese peinliche Situation zu beenden. Unbeirrt davon krönt Willi seine Rede mit den Worten: „Ja, mir ist klar, dass ich das alles besser nicht hätte sagen sollen."

Seit diesem Tag weiß ich, wie sich Fremdschämen anfühlt. Das war ganz und gar nicht das, was Renate und ich uns von Willis Rede versprochen hatten, als wir uns im Vorgespräch mit ihm auf „unterhaltsam und amüsant" einigten. Darunter versteht offenbar jeder etwas anderes.

Unsere Zeit in der Trauerhalle hat mittlerweile die 45-Minutengrenze überschritten und Willi kann einfach kein Ende finden.

Nach weiteren zehn Minuten verlässt die Trauergemeinde mit der Melodie des Volksliedes „Nehmt Abschied Brüder ungewiss..." die Trauerhalle. Allen voran: Der Friedhofsangestellte mit der Urne und Willi.

Jetzt würde ich ihm am liebsten eine Soutane anziehen und damit seinen gesprochenen Worten die fehlende Ernsthaftigkeit zurückgeben. Willi steht an der offenen Grube und spricht die abschließenden Worte:

„Erich, mein Freund, Du wirst mir sehr fehlen. Eigentlich müsste ich an deiner Stelle hier liegen. Vor zwei Monaten kam ich als Notfall ins Krankenhaus und hatte eine schwere Gallenblasenentzündung. Nach der Operation entwickelte sich auch noch eine Sepsis. Ich kann dir sagen: Es sah gar nicht gut aus mit mir. Vor ein paar Tagen wusste ich noch nicht, ob ich heute überhaupt an dieser Stelle vor dir stehen kann."

Noch bevor Willi die Möglichkeit hat, auch seinen Therapieplan den Trauergästen vorzustellen, rettet der klare Klang einer Trompete die Situation, passender Weise mit dem Musikstück „Il Silenzio".

Übrigens: Willis Indiskretion blieb folgenlos. Es sind jetzt zwei Jahre vergangen und das Finanzamt hat sich bis heute nicht bei Renate gemeldet.

Trauerfeier für eine Konrektorin

Wie immer bin ich auch heute 45 Minuten vor Beginn der Trauerfeier in der kleinen Kapelle und wie immer in den Wintermonaten ist sie kalt und muffig. Warum habe ich ausgerechnet heute meinen neuen Faltenrock angezogen? Ich finde den zuständigen Friedhofsangestellten an der Grabstelle und bitte ihn, die Heizung höher zu schalten.

Die Tochter des Bestatters Wilmenroth hat den Altarraum mit vielen schimmernden Tüchern geschmückt, die mich an Zaubertücher eines Magiers erinnern: Sie gibt sich immer ganz besonders viel Mühe. Ich glaube, dekorieren ist ihre Leidenschaft.

Im Mittelpunkt steht heute ein teurer Eichenholzsarg. Links- und rechtsseitig sind zwei etwa ein Meter hohe, silberne Kerzenleuchter halbmondförmig angeordnet. Es sind, wie so oft, keine echten Kerzen, sondern mit Petroleum gefüllte Attrappen. Von weitem ist das gar nicht zu erkennen. Auf einer Staffellage, umrahmt von einem silbergrauen Seidentuch, steht das Bild der Verstorbenen Anni S., der ehemaligen Konrektorin der Hermann–Löns–Schule. Sie lächelt die Trauergemeinde an. Auf dem Kapellenboden, an einen kleinen Schemel angelehnt, steht ein großer Blumenkranz mit weißen und roten Rosen und einer dicken Schleife versehen.

Leider kann ich wieder einmal nicht darüber hinwegsehen, dass ihre Beschriftung ganz offenbar eine grammatikalische Herausforderung für die Floristin gewesen sein muss.

Als letzter Gruß!
Von dein Jürgen und Kinder

Die Zeit reicht jetzt nicht mehr aus, um die Schleife durch das Blumenhaus im Ort neu bedrucken zu lassen. Vielleicht fällt es ja gar nicht auf, da die Menschen mit ihrer Trauer beschäftigt sind. Doch was würde wohl Anni dazu sagen? Über das gesamte Arrangement hat es bunte Blütenblätter geregnet. Was für ein schöner, würdiger Anblick.

Die erste Reihe in der Trauerhalle ist immer für die Angehörigen reserviert. Heute sitzen hier: Annis Mann, ihre Tochter und ihr Sohn sowie ihre beiden 12 und 16 Jahre alten Enkelinnen. Während ich nach vorne gehe und mich vor dem Sarg verbeuge, wird endlich und deutlich hörbar die Heizung eingeschaltet. Ich befinde mich direkt über dem Gebläseschacht und mein Rock beginnt nach oben zu schweben. Ich fliehe aus der Gefahrenzone und wie von Geisterhand öffnet sich der schwarze Vorhang rechts hinter dem Sarg.

Ein eleganter, ebenfalls schwarz gekleideter, kleiner, fast haarloser Herr mit einer schwarzen Mappe in der Hand, tritt nach vorne und schaut mit betroffener Miene in die Trauerrunde. Heute übernimmt den musikalischen Teil ein Freund der Familie. Abwartend hebt der kleine Mann seinen Blick nach oben zur Empore, schlägt einmal kurz die Lider nach unten und öffnet seine Mappe. Er singt die ersten Töne des „Ave Maria" von Franz Schubert.

Offensichtlich hat er eine andere Tonart als die Orgel gewählt, doch nach etwa fünf Takten sind beide musikalisch vereint in B-Dur angekommen. In der Trauergemeinde kommt Unruhe auf. Ein Raunen zieht sich durch die erste Reihe – Köpfe bewegen sich und schauen sich an.

Eine der beiden Enkelinnen prustet in ihre Hände, stößt die Andere an und deutet unmissverständlich auf die schwarze Mappe des Tenors: Dort steht in silberner Schrift gedruckt:

„Hoffentlich Allianz versichert!"

Der letzte Vorhang

Clowns sind Menschen, die mich schon seit meiner Kindheit faszinieren. Das liegt sicherlich daran, dass sie auf eine gewisse Art immer Kinder bleiben dürfen. Sie dürfen mit allem spielen, was ihnen zwischen die Finger kommt, sind aufmerksame Beobachter, können die kleinen Schwächen ihrer Mitmenschen wunderbar spiegeln und stehen immer im Mittelpunkt.

Bei Vielem was sie tun, sieht es so aus, als wollten sie gar nicht um jeden Preis lustig sein – doch in ihrer Tollpatschigkeit und mit ihrem scheinbar unbekümmerten und lebensunerfahrenen Verhalten sind sie es. Und das liebe ich. Wie kleine Kinder probieren sie sich aus – mit ihren imposanten, meist viel zu großen Schuhen und ebenso zu weiten Hosen - fallen auf die Nase – stehen wieder auf und fallen erneut.
Clowns zeigen ihre Gefühle und ihre Schwächen – sie dürfen lachen und weinen. Ein Clown darf sich erlauben, was er will – niemand würde es ihm übelnehmen – er kennt keine gesellschaftlichen Tabus. Genau das bringt mich zum Lachen.

Wenn ich in meiner Kindheit mit meinem Vater einen Zirkus besuchte, dann in erster Linie, weil er Clowns liebte und immer gerne ein Clown geworden wäre. Diese Faszination hat sich dann auf mich übertragen.

Es ist Sonntagnachmittag und ich sitze beim Trauergespräch mit Frau V. in ihrem Wohnzimmer. Ihre Wohnung, direkt in der Fußgängerzone gelegen, muffelt nach Altbau, dem eine gründliche Sanierung guttäte.

Die Wände im großen Wohnzimmer imponieren durch bunte Poster, die mit Klebestreifen an die Tapeten geklebt wurden – ihre Ränder sind eingerissenen. Schön ist das nicht, aber besonders.

Während Frau V. in die Küche verschwindet, um Kaffee zu holen, schaue ich mir die Poster genauer an. Es sind Werbeplakate für Zirkusaufführungen in verschiedenen Orten aus vergangener Zeit.

In unserem Gespräch erfahre ich, dass Heinz-Jürgen V. vor 2 Tagen an Bauchspeicheldrüsenkrebs verstorben ist.
Seine Witwe zeigt auf die Poster und sagt mit einem gewissen Stolz:
„Mein Mann war Clown. Möglicherweise kennen Sie ihn sogar von der Bühne?

Wie spannend, denke ich – das ist ja nun wirklich mal etwas ganz anderes: Der Tod eines Clowns. Mir fällt sofort der Song von den Kinks aus dem Jahr 1967 ein: „Death Of A Clown".

Frau V beginnt zu erzählen: „Als Heinz-Jürgen ein kleiner Junge war, brachte ihm sein Vater das Akkordeonspielen bei. Bei allen Familienfesten spielte er auf seinem Instrument, das er im Übrigen sehr gut beherrschte. Er konnte keine einzige Note lesen und dennoch alle Lieder nach Gehör begleiten." Er muss sehr musikalisch gewesen sein, denke ich.

„Mit 45 Jahren musste er, wegen einer Krebserkrankung hinter dem Augapfel, seine Arbeit als Zugführer aufgeben. Dass er als Zugbegleiter sein weiteres Arbeitsleben verbringen würde, kam für Heinz-Jürgen nicht in Frage."

Ich erfuhr weiter, dass Heinz-Jürgen V. ein lebensbejahender und zufriedener, empathischer Mensch war mit einer ganz großen Liebe zu Kindern.
Inspiriert durch einen Zeitungsartikel besuchte er eine Clownsschule. Hier fiel er unter seinen Clownskollegen als besonders begabter Spaßmacher und Pantomime auf. Und hier kam er auch auf die Idee, krebskranke Kinder im Krankenhaus mit seinem Akkordeonspiel zu erfreuen – das war ein Volltreffer.

Er wusste sich sehr gut in die kleinen Kinderseelen hineinzuversetzen und sie mit seinem übergroßen, roten Mund und seinen Grimassen zu erfreuen. Manchmal sei es nur eine ganz kleine Geste gewesen, mit der er die Kinder zum Lachen brachte, erzählt Frau V. mit einem sanften Lächeln.

Aus dieser Freizeitbeschäftigung wurde für Heinz-Jürgen eine ganz große Leidenschaft, die ihn letzten Endes zu seinem Traumberuf führte. Immer mehr kleine Zaubertricks erweiterten sein Repertoire.

Neue Späße und Tricks führte er zunächst immer erst seiner Frau Gabi zu Hause im Wohnzimmer vor, bevor er damit auf die große Bühne ging. Während Frau V. erzählt strahlt sie und sagt: „Ja – mein Mann war ein großartiger Clown – er hat auch mich immer wieder zum Schmunzeln gebracht."

Im Laufe der Jahre wurden die Bühnen für Heinz-Jürgen immer größer und tatsächlich reiste er eine Zeit lang sogar mit einem namhaften Zirkus durch Deutschland.

Dieser Clown, der das Leben vieler Kinder und Erwachsener mit seiner feinfühligen, liebenswerten und besonderen Art bereicherte, erkrankte vor zwei Jahren erneut an Krebs, bei dem es keine Aussicht mehr auf eine Heilung gab.

Entmutigen ließ sich der Clown in ihm dadurch nicht. Er schaffte es mit Bravour, seinen Alltag trotz aller Widrigkeiten spielerisch und mit Leichtigkeit zu gestalten.

Heinz-Jürgen war ein Profi im „Nicht-zu-ernst-nehmen" schwieriger Situationen und dennoch bewahrte er sich die Balance zwischen Ernst und Witz auf eine sehr beeindruckende Art und Weise.

Frau V. stellt sich die Trauerfeier für ihren Mann traditionell, klassisch, mit Orgelspiel und Gesang vor, obgleich ihr Mann kein gläubiger Mensch war und seit Jahrzehnten keine Kirche mehr von innen gesehen hatte.
Ich schlage ihr vor, dass wir den musikalischen Rahmen am Ende unseres Gesprächs, in aller Ruhe noch einmal gemeinsam überdenken.

Nach zweieinhalb Stunden angenehmer und interessanter Unterhaltung einigen wir uns auf einen Akkordeonspieler, der bewegte und auch bewegende Titel spielen wird, unter denen auch das Lied „Oh mein Papa" von Lys Assia sein soll. Auch das „Bühnenbild" soll den Clown zum letzten Mal ehren.

Am Tag der Trauerfeier legen sich die beiden Bestatterinnen, zwei taffe und schon etwas betagte Damen aus dem Nachbarort, ins Zeug und schmücken den Altarraum der kleinen Kapelle mit knallroten Blütenblättern, bunten Luftballons und seinen ausgelatschten Clownsschuhen.
Neben der schneeweißen Urne steht das Porträt eines sympathischen Mannes mit herrlich verschmitztem Lächeln. Das Bild berührt mich sehr und veranlasst mich zurückzulächeln.

Ich beginne meine Trauerrede:
„Der letzte Vorhang ist gefallen.
Heute müssen wir von einem Menschen Abschied nehmen – der Andere mit seiner zauberhaften Art tief

berührte. Es ist der große Abschied von dem liebenswerten Heinz-Jürgen V. – für seine kleinen und großen Bewunderer „der Heingen".

Für viele Menschen ist eine Trauerfeier Anlass, darüber nachzudenken, wohin sie gehen, wenn der letzte Vorhang für sie gefallen ist.
Dies ist für mich der schwierigste Teil meiner Trauerreden, da auch ich keine befriedigende Antwort darauf habe.

Mir persönlich gefällt diese Metapher:

„Nach jedem Sonnenuntergang folgt auch wieder ein Sonnenaufgang".

Dieser Satz lässt alles offen und kann Hoffnung auf ein Wiedersehen geben.

Für Heinz-Jürgens Trauerrede habe ich, leider vergebens, nach einem schönen Gedicht, passend für einen Clown gesucht.
Deshalb habe ich selbst einen Text verfasst und diesen „Gedanken eines zauberhaften Clowns" genannt:

Was ist, wenn keiner mehr über mich lacht und
wenn der Zirkusdirektor das Licht ausmacht?

Was ist, wenn ich selbst nicht mehr lachen kann?
Wo bin ich dann?
Verzaubert in eine andere Welt

ganz weit irgendwo hinter'm Himmelszelt?

In einem Park aus Blätterbänken?
Kann ich mir dort die Unendlichkeit denken?

Doch bedenkt: Ich bin nur aus eurem Blick
und dann kommt der Trick:

Ihr könnt in Gedanken bei mir sein -
ich bin nicht allein.

Während der Akkordeonist ebenso professionell wie einfühlsam spielt, kommt eine ganz besondere stumme Freude unter den Gästen auf: Ihre Gesichter strahlen, diese Trauerfeier berührt – nicht zuletzt durch das Spiel auf Heingens Lieblingsinstrument. Dies nimmt dem traurigen Abschied die Schwere und wird zu einem heiteren Erinnern in einem sehr würdevollen Rahmen.

Lieber Heingen!
"So ist das Leben!", sagte der Clown,
und malte sich mit Tränen in den Augen,
ein strahlendes Lächeln ins Gesicht. (Anon)

Man sieht sich

Für mich gibt es nichts Peinlicheres als lautes Telefonieren im Zug. Mein Handy ist jedenfalls auf „lautlos" gestellt, während ich verzweifelt versuche, das Telefonat eines Mittdreißigers im dunkelblauen Anzug mit weißem Hemd bewusst nicht zu verfolgen. Während er offensichtlich auf dem Weg zu einem Meeting ist, bin ich auf dem Weg zu einer Trauerfeier, was ja prinzipiell auch ein Meeting ist.

Die zweite Herausforderung in meinem Abteil ist mein direktes Gegenüber – eine Dame, die mich bereits seit Bad Nauheim mit scharfem Blick von oben bis unten durchscannt. Und dann kommt sie, die Frage, auf die ich nicht gewartet habe: „Sie tragen schwarz! Trauer?" „Nein, Job!"

Mir war sofort klar, dass ich mit dieser Antwort das Interesse bei Frau Neugier erst recht geweckt habe. Sie hat Langeweile. Ich habe keinen Bedarf, ein belangloses Gespräch zu führen oder neue Kontakte knüpfen, sondern ich will einfach nur meine Ruhe. Ebenso wenig habe ich Interesse an dramatischen Lebensgeschichten, die häufig dann folgen, wenn mein Gesprächspartner erfährt, dass ich Trauerrednerin bin. Ganz offenbar öffnet das bei vielen Menschen ein Sprach-Ventil.

Ich bin auf dem Weg zu einer Trauerfeier und habe mir erlaubt, die 75 km über Land ausnahmsweise einmal nicht mit dem Auto zu fahren. Wenn alles klappt, keine Verspätungen dazwischenkommen, dann bin ich so früh dort, dass ich noch in Ruhe in einem Café frühstücken kann. Der Friedhof liegt direkt in der Stadtmitte. Das ist perfekt, denn so kann ich anschließend dort noch ein wenig durch die Geschäfte bummeln. Dazu komme ich zu Hause schon lange nicht mehr.

Jetzt, auf der Fahrt dorthin, möchte ich die Zeit nutzen, mich einzustimmen, ein bisschen abzuschalten und in Gedanken noch einmal die Texte durchzugehen.

Das Vorderfach meiner Handtasche vibriert. Auf dem Display meines Handys lächelt mich Steffen an, der Bestatter, der vor jeder Trauerfeier so aufgeregt ist, dass sein weißer Hemdkragen sich vor Nässe nach außen wellt. Er ist ein unfassbar netter Mensch. Ich mag ihn sehr.

Allen Vorsätzen zum Trotz und peinlich berührt nehme ich das Gespräch entgegen. Für Steffen mache ich eine Ausnahme.

Er hat eine, wie er sagt, ungewöhnliche Bitte: Ein Trauergespräch mit einem 76-jährigen, der seine eigene Trauerfeier mit mir planen möchte. Ich atme tief durch und denke: „Na, dann hat das ja wenigstens keine Eile", denn mein Terminkalender ist derzeit voll mit Aufträgen und ich freue mich über jede freie Minute.

Nach der Trauerfeier entscheide ich mich nun doch für den direkten Weg nach Hause und sitze knapp zwei Stunden später wieder im Zug.

Zuhause angekommen rufe ich den 76-jährigen Unbekannten an und verabrede mich mit ihm in seiner Wohnung.

Dass Menschen rechtzeitig und so lange sie gesund sind eine Vorsorgevollmacht und eine Patientenverfügung verfassen, das finde ich gut und ist absolut wichtig. Die eigene Trauerrede zu planen, kommt in letzter Zeit auch immer häufiger vor.
Je länger ich darüber nachdenke desto klarer wird mir, dass ich mir das sogar auch für mich vorstellen kann. Damit meine ich, dass ich die Gestaltung meiner Trauerfeier auch nicht komplett meinen Hinterbliebenen überlassen werde.

Ein eleganter, großer Herr mit ausdrucksstarkem Gesicht öffnet die Tür der alten Stadtvilla und bittet mich herein. Schicke Einrichtung im Kolonialstil, denke ich. Ich liebe es.

Auf einem ovalen, dunklen Tisch im Salon stehen ein Teller mit mundgerecht zugeschnittenen Stückchen Butterkuchen, zwei Tassen, Milch und Zuckerstückchen. Unvermittelt startet Herr S. einen Monolog. Wird er je enden? Ich versuche zu folgen und aufmerksam zu bleiben. Seine Geschichten erzählen von einem erfolgreichen Menschen, von seiner Vorliebe für Huren und von seinen insgesamt vier Ehefrauen, die er ausnahmslos alle geliebt hat. In zwei seiner Ehen ist jeweils ein Sohn geboren worden. Zu beiden Söhnen pflegt Herr S. jedoch keinen Kontakt.

Ich möchte gerne neutral und unvoreingenommen zuhören, doch es gelingt mir bei allem Wohlwollen und Respekt nicht.

S. ist ein Angeber, ein Möchtegern und ich habe den Drang, zur Tür zu gehen und mich mit den Worten „nett, Sie kennengelernt zu haben" zu verabschieden. Stattdessen dreht der Uhrzeiger fleißig weiter seine Runden und S. spricht ohne Punkt und Komma immer weiter.

Während er spricht, geht mir die Frage durch den Kopf, wie das Gespräch wohl ablaufen würde, wenn seine Söhne oder seine Exfrauen hier anwesend wären? Sind sie es doch, die eines Tages in der Trauerhalle sitzen und meiner Trauerrede über den großen Edgar S. lauschen werden.

Ich fasse mir ein Herz und schlage S. vor, alles für ihn Bedeutsame nun zu Papier zu bringen und dem Bestatter Steffen zur Aufbewahrung zu geben. Am Tag X werde ich ohnehin noch ein Gespräch mit seinen Söhnen und möglicherweise ja auch deren Müttern führen.

S. schluckt und macht eine Gedankenpause, der ein Lächeln folgt:

„Ja, Sie haben recht Frau von Eyff. Vielleicht sehen mich die paar People, die da möglicherweise sitzen werden, ja ganz anders und sagen: Der war ein mieser Hund. Damit muss ich dann halt leben...äh... ach so, ich bin ja dann tot...äh"...hahaha.

Ich ringe nach einem schönen Schlusssatz, der es mir erlaubt, meinen Besuch nun zügig zu beenden. Doch S. schlägt mir noch einen Rundgang durch seine Wohnung vor. Ich habe bereits eine Hand an der Türklinke, als er mich danach zum Abschied an sich drücken will. Er entlässt mich mit den Worten:

„Sie machen einen richtig guten Job, Respekt! Man sieht sich..., ähh.....ach so, ich bin ja dann nicht mehr... hahaha."

Wie Recht er hatte. Ich habe ihn noch einmal gesehen: in der Trauerhalle, auf dem Foto neben seiner Urne. Nachdem ich bereits 16 Tage später vom Bestatter über S. Freitod informiert wurde, habe ich ruck zuck aus meinen Aufzeichnungen eine Rede geschrieben. Von der Familie hatte keiner mehr das Bedürfnis, mit mir den Inhalt abzusprechen. Was ich zu diesem Zeitpunkt noch nicht wusste ist, dass nur eine Nachbarin und eine seiner Freundinnen mit ihrer Mutter zur Trauerfeier kommen würden.

Diese Freundin rief mich 4 Tage vor der Trauerfeier an und fragte, ob sie noch einen Brief an S. in den Sarg legen könne. Nach Rücksprache mit dem Bestatter erfuhr ich, dass der Sarg bereits geschlossen und auf dem Weg zum Krematorium sei. Ich schrieb der Dame eine Kurznachricht über WhatsApp, was immer die Gefahr in sich birgt, dass die Autokorrektur schneller ist als man selbst. Wie immer in Eile tippte ich folgenden Text, ohne ihn noch einmal Korrektur zu lesen:

„Guten Abend Frau U.
Leider können Sie ihrem Freund den Brief nicht mehr mit auf den Weg geben.
Laut Bestatter ist der Sack bereits auf dem Weg zum Krematorium.
Liebe Grüße von Hildegard von Eyff."

Kleider machen Leute

Welche Kleidung für eine Trauerfeier angemessen scheint, entscheidet jeder für sich selbst – für Bestatter und Trauerredner jedoch ist es unausgesprochene Pflicht, „schwarz" zu tragen.

Bei bestimmten Anlässen kann ein Dresscode schnell zu einem Stresscode werden. Die Frage „Was ziehe ich an?" folgt zumindest bei mir, nach einer ausgesprochenen Einladung, meist als Erstes.

Wer bestimmt eigentlich den Dresscode für eine Trauerfeier? Die Tradition! Bereits im Altertum war es Sitte, durch besondere Kleidung und deren Farbe Trauer zu signalisieren.
In mitteleuropäischen und nordamerikanischen Kulturkreisen wird seit spätestens dem 19.Jahrhundert darauf geachtet, dass die Farbe der Bekleidung schwarz ist, da schwarz in der westlichen Welt unter anderem den Tod symbolisiert.

Doch ist heute nicht jeder Mensch in seiner Entscheidung frei und muss sich zu keiner Zeit Zwängen unterwerfen, die ihn in seiner Freiheit einschränken oder einengen?

Nun: Heute bin ich nicht beruflich, sondern selbst als Trauernde mit Bernd im ICE nach Kassel unterwegs. Schwarz auf weiß steht es in der Traueranzeige, dass Tante Annegret gestorben ist. Weiter steht dort, dass farbige und legere Kleidung erwünscht ist.

Dass ich in einem schwarzen Kostüm zur Trauerfeier erscheinen werde, versteht sich von selbst. In meinem Kleiderschrank hängen nämlich nur noch schwarze Kleidungsstücke, seit ich den Beruf der Trauerrednerin ausübe. Tante Annegret zu Ehren habe ich mir ein farbiges Tuch von meiner Freundin ausgeliehen.

Schwarz ist meine Farbe. Sie gibt mir Energie und eine gute Ausstrahlung – das sagt auch meine Farbberaterin, bei der ich vor ein paar Jahren meinen Farbtyp herausgefunden habe.

Ich treffe bei meiner Garderoben- bzw. Farbwahl immer voll ins „Schwarze".
Mit Schwarz kann ich nichts falsch machen. Alles passt immer perfekt zusammen – kein Schuh- und Handtaschenproblem – keine Fehlkäufe.

Aus meiner Sicht ist die Kleiderwahl für ein Event, in diesem Fall eine Trauerfeier, auch eine Frage der Wertschätzung einer Person oder Situation und somit ganz individuell handhabbar.

Wer sich von der Masse abheben und auffallen möchte, tut das ohnehin immer und überall und auch bei Trauerfeiern. Meiner Ansicht nach muss man aber nicht zwingend in Jeans und Sneakers erscheinen.

Nicht perfekt sitzende Kleidung, zu locker angenähte Knöpfe, zu kurz geratene Blazer, bei denen die Bluse herausschaut, zu kurze Röcke oder Ärmel, Mäntel ohne Rückenfalte sowie natürlich auch Flecken an Kleidungsstücken sind für mich inakzeptabel.

Und so war ich wie vom Blitz getroffen, als der Bestatter G. vor ein paar Wochen auf meiner schwarzen, blickdichten Strumpfhose eine weiße Hundepfote entdeckte. Dass dies nun ausgerechnet mir passierte, musste eine absolute Ausnahme bleiben.

Weitaus schlimmer war mein Erlebnis auf einer Friedhofstoilette, als mir beim Hochziehen meiner Hose bewusst wurde, dass sich eine Naht an sehr unpassender Stelle komplett gelöst hatte.
Seit diesem Tag habe ich meine schwarze Notfalltasche im Kofferraum meines Autos um eine Tüte Sicherheitsnadeln ergänzt. So etwas passiert mir kein zweites Mal.

Wir fahren gerade in den Bahnhof Fulda ein. Hier steht ein Mann auf dem Bahnsteig, der Bernd und mir sofort ins Auge fällt. Er ist nicht besonders groß, schlank und zwischen 60 und 70 Jahre alt. Er trägt eine für ihn viele zu große rote Hose.

Jetzt steigt er in unseren Wagen. Während er nach einem Platz suchend im Gang steht, können wir den Blick nicht von ihm lassen.

„Was für eine originelle Erscheinung! Wie kann man sich nur so kleiden?"

Mir schießen sofort Bilder in den Kopf, wie er wohl in einer gutsitzenden Hose auf mich wirken würde. Ja - Kleider machen Leute.

Jetzt setzt er sich auf den einzigen noch freien Platz der anderen Gangseite, direkt mir schräg gegenüber. Er hat keinerlei Gepäck bei sich, das finde ich komisch.

Immer mal wieder wandert mein Blick zu ihm herüber. Er beschäftigt mich.

Wir sind in Kassel angekommen. Unser „Sonderling" steigt mit uns aus und hält uns sogar noch bei der kurzen Busfahrt zum Friedhof die Treue. Haben wir etwa das gleiche Ziel?

Vor der Kapelle fällt auf, dass sich alle Trauergäste an die Farbvorgabe gehalten haben – nur ich habe mein trauerfeierschwarz mit einem Farbklecks aufgepeppt.

Bernd und ich entscheiden uns, so weit wie möglich hinten zu sitzen. Von hier aus haben wir alles im Blick – die Onkel und Tanten, die wir schon lange nicht mehr gesehen haben, unsere Cousins und Cousinen. Mitten unter ihnen: unser Mann aus dem Zug.

Beim gemeinsamen Kaffeetrinken im Anschluss fällt sein Name: Siegbert. Na klar, es ist Siegbert, einer meiner Cousins. Wir haben uns vermutlich 60 Jahre nicht gesehen. War er nicht sogar Studienrat geworden??
Als Kinder hatten wir oft Kontakt zueinander. Er war immer schon irgendwie anders, doch ich muss gestehen, dass mich das als kleines Mädchen auch sehr faszinierte.

Heute ist klar: Siegbert zieht die Blicke aller Gäste auf sich.

Mit meiner ersten Tasse Kaffee und einem Stück vom sogenannten Freud- und Leidkuchen auf dem Teller löst Siegbert das große Rätsel um sein auffallendes Aussehen auf und beginnt zu reden.
Er erzählt, dass er sich durch die Bitte unserer Cousine Helga, zur Trauerfeier in legerer Kleidung zu erscheinen, intensiv mit seiner Kleiderordnung für heute auseinandergesetzt hat.

Da sich in seinem Kleiderschrank keine angemessene Hose und auch kein entsprechendes Hemd fanden, die dem Anlass entsprechend passend gewesen wären, setzte er sich zwei Tage zuvor auf sein Fahrrad und fuhr zu einem Discounter.

Auf dem Weg dorthin nutzte er die Zeit, über Tante Annegret nachzudenken.

Viel wusste er nicht über sie, nur dass sie während des Krieges als Krankenschwester in einem Lazarett gearbeitet hatte.

Getreu seinem Motto „Eine Hose sollte nie mehr als zwanzig Euro kosten" durchwühlte Siegbert die Angebote auf den Sondertischen.

Eine rote Jeans fiel ihm ins Auge. Schwarze Schuhe hatte er zu Hause, uralt, aber noch in Ordnung.

Dann kam ihm die großartige Idee, sich in den Farben der Deutschlandfahne Schwarz – Rot – Gold einzukleiden.

Diese rote Jeans war die einzig übrig gebliebene von einem Angebot, aber dummerweise nur noch in der Konfektionsgröße 56 vorhanden. Das sind vier ganze Konfektionsgrößen zu viel. Letztendlich überzeugte ihn aber doch der auf zehn Euro reduzierte Preis.

Am heutigen Morgen radelte er noch schnell mit seinen schwarzen Schuhen, seiner roten, mit einem Gürtel gehaltenen und viel großen Hose, mit x-mal hochgekrempelten Hosenbeinen, einem gelben Hemd zum Bahnhof und hielt auf dem Weg dorthin bei einer Änderungsschneiderei an.

Eine Stunde blieb ihm bis zur Abfahrt des Zuges. Er schilderte der Dame mit dem Igelarmreif am Unterarm unmissverständlich seine Notlage.

Bei allem Wohlwollen sah die Schneiderin keine Chance, Siegberts Hose auf die Schnelle auch nur annähernd so zu verkleinern und zu kürzen, dass er sie nicht auf dem Weg zur Trauerfeier verlieren würde. 22 cm abschneiden war das Einzige, das auf die Schnelle möglich war.

Während Siegbert rasch und ungeniert seine Hose herunter ließ, fiel sein Blick auf ein mit einem Bettlaken abgedecktes Klavier.

Aus Dankbarkeit für ihre spontane Hilfeleistung spielte er seiner Retterin in der Not ungeachtet der hochsommerlichen Temperaturen Weihnachtslieder vor, die einzigen Lieder, die er ohne Noten spielen kann, während ihre Nähmaschine geräuschvoll über die rote Hose raste.

Mit Rücksicht auf Siegbert und auf die anderen Gäste verkneife ich es mir, laut loszulachen und klatsche ihm stattdessen für seine Kreativität Beifall. Er war es, der von allen Trauergästen Tante Annegret mit seiner Garderobe die größte Wertschätzung entgegenbrachte.

Das große Vergessen

Frau K. ist gerade einmal 44 Jahre alt und seit vorgestern Witwe. Sie ist eine aparte Erscheinung, mittelgroß, wohlproportioniert und hat volles, perfekt geschnittenes, blondes Haar.

Die Einrichtung ihrer Wohnung ist minimalistisch und ganz in weiß gehalten, die Dekoration auf dem langen Granittisch hochwertig und edel.

„Erst vor 4 Jahren haben wir geheiratet", beginnt sie unser Gespräch. „Er war mein Traummann, meine große Liebe – von Anfang an. Wir sind uns bei einem Fach-Seminar in unserer Firma zum ersten Mal begegnet. Ja, wir haben in der gleichen Firma gearbeitet, doch sie ist so groß, dass man sich nicht zwangsläufig über den Weg laufen muss.

Als ich zu ihm hinübersah, dachte ich: Der ist es. Attraktiv, braune Augen, interessante Lebensfalten. Einfach anziehend. Von meiner Kollegin erfuhr ich dann, dass er im Vorstand einer Tochterfirma von uns ist. Er war wesentlich älter als ich, aber das spielte für mich nie eine Rolle.

Ich mache es kurz: Nach der Veranstaltung saßen wir noch im Kollegenkreis bei einem Glas Champagner in der Lounge unserer Abteilung zusammen. Der Rest ergab sich dann ziemlich schnell.

Sieben Monate später zog ich schon zu ihm, hier in diese Wohnung. Dieter war vierundsechzig Jahre alt, geschieden und kinderlos. Wir hatten eine traumhaft schöne Zeit miteinander. Sie war nur leider viel zu kurz. Wir waren in Dubai und haben eine tolle Karibik-Kreuzfahrt gemacht. Ansonsten arbeiteten wir viel für die Firma und haben an den Wochenenden die Seele baumeln lassen."

Das hört sich alles traumhaft schön an, denke ich. Dann fährt Frau K. fort; „Auf unserer Karibikreise bemerkte ich ganz deutlich, dass mit Dieter etwas nicht stimmte. Er war aggressiv, was ich zuvor gar nicht von ihm kannte und er behauptete immer wieder Dinge, die nicht sein konnten. Dieter machte beispielsweise eine Mitreisende für das Verschwinden seiner Kamera verantwortlich, und dann fand sie sich in seinem Spind wieder.

Im Nachhinein kann ich sagen: Das war der Beginn dieser furchtbaren Krankheit. Dieter hatte eine ganz extreme Form von Demenz. Es gibt verschiedene Formen und Dieter hatte die aggressivste und am schnellsten fortschreitende Form. Bingo."

Frau K. berichtet weiter, dass ihr Mann bereits wenige Monate nach dem Karibikurlaub in ein Pflegeheim musste, da sie sich nicht in der Lage sah, ihn alleine zu Hause zu betreuen. Seine Krankheit schritt so rasant voran, dass sie für sie immer schwerer zu ertragen war. Zum Glück hatte sie ihre beiden Freundinnen, die sie vor allem moralisch unterstützten. Dieter hatte keine Familie mehr. Seine Eltern waren schon früh gestorben.

Während Frau K. von den Stimmungsschwankungen ihres Mannes erzählt, wird mir angst und bange. Ich empfinde tiefstes Mitleid mit ihr.

Unberechenbar war auch Dieters extreme, motorische Unruhe, mit der er das Pflegepersonal Tag und Nacht auf Trapp hielt. Immer wieder versuchte er, aus dem Pflegeheim zu flüchten bis er dann, per Gerichtsbeschluss, nachts in seinem Bett fixiert werden konnte.

Ich erfahre, dass Dieter in den letzten drei von insgesamt vier Ehejahren zeitlich und örtlich vollkommen desorientiert war und seine geliebte Rebecca nicht mehr als seine Frau erkannte.

Aufgrund einer zunehmenden Gelenkversteifung konnte er schon das ganze letzte Jahr nicht mehr laufen und eine Unterhaltung mit ihm war lange zuvor schon nicht mehr möglich. Ein totales Trauerspiel. Wie hat Frau K. das nur ausgehalten? Ihre ganz große Liebe wurde zu einer ganz großen emotionalen Belastung.

Es berührt mich so sehr, dass ich gar nicht weiß, was ich jetzt zu ihr sagen soll. Frau K. nimmt mir die Frage nach dem Ablauf der Trauerfeier ab:

„Bitte gestalten Sie die Trauerfeier nicht so, wie man das so kennt. Ich möchte auf keinen Fall, dass viel über Trauer und Trost gesprochen wird. Ich habe Lieder von der Gruppe „Die toten Hosen" ausgesucht. Beten möchte ich auch nicht. Ich glaube nicht an Gott. Wenn es einen Gott gäbe, dann hätte er diese Krankheit nicht zugelassen."

Zu Hause angekommen ziehe ich mich, mit einer Kanne frisch aufgebrühtem Salbeitee, sofort in mein Arbeitszimmer zurück, anstatt mit Bernd in unserem Wintergarten den Abend zu verbringen.

Es ist 22:10 Uhr. Eigentlich sollte ich mich ins Bett legen, doch das kann ich noch nicht. Nicht jetzt. Erst muss ich einen Konzeptentwurf für die Trauerfeier im Kopf haben. Mit welchem Zitat werde ich sie eröffnen?

Ich suche nach einem anderen Wort für diese so gefürchtete Krankheit „Demenz" und ersetze es in meiner Rede durch „das große Vergessen". Es ist ein ungeschriebenes Gesetz, dass die Krankengeschichte eines Verstorbenen auf einer Trauerfeier nichts verloren hat.

Während ich nachdenke wird mir klar, dass Frau K. bereits seit drei Jahren Abschied von ihrem Mann genommen hat – Abschied von dem, was ihn einmal ausgemacht hat.

Die tröstenden Worte, die ich normalerweise bei meinen Trauerreden spreche, werde ich jetzt neu überdenken und umformulieren. Ich möchte Frau K.s enorme Kraft und Stärke hervorheben, die durch ihre Liebe getragen wurden. Ich habe das Bedürfnis, ihr meinen Respekt darüber auszusprechen, wie sie diese letzten Jahre gemeistert hat.

Bei meinen Internetrecherchen stoße ich auf einen Text, den eine anonyme, an Demenz erkrankte Frau nach ihrem Tod hinterließ.

Ich bin vergesslich und ihr
ihr meint, ich merk das nicht.
ich lebe in meiner Welt
und ihr
ihr lebt in eurer Welt
berühren sie sich noch
meine und eure Welt?

Manchmal will ich noch kommen in eure Welt
wenn ich singe
wenn ich tanze
wenn ich lache
aber oft bleibe ich am liebsten in meiner Welt

sie reizt mich nicht mehr eure Welt
der Hektik,
der falschen Freundlichkeit,
der Klugheit und Logik.

Manchmal kommt ihr in meine Welt,
wenn ihr mich pflegt,
wenn ihr mir sagt, was gut sei für mich.
das strengt mich oft an,
denn auch ihr seid oft angestrengt
wenn ihr mir begegnet
und das will ich nicht.

Seid doch die, die ihr seid
und verstellt euch nicht.
und lasst mich so wie ich bin
vergesslich – aber lebendig
dement – aber empfindsam
klein im Kopf – aber groß im Herzen.

Schenkt mir eure Lebe,
dann schenk ich euch meine -
denn Liebe wächst nicht im Kopf,
sondern im Herzen
auch bei mir.

Frau K. hatte keine Einladungskarten verschickt und seinen Tod nicht in der Tageszeitung bekannt gegeben. So bleibt der Kreis der Trauernden überschaubar – nur die Familie und ein paar gemeinsame Kolleginnen und Kollegen sind gekommen.

Heute sage ich nichts wie sonst üblich über den beruflichen Werdegang des Verstorbenen. Ich spreche ausführlich über das gemeinsame in Liebe gelebte Leben - insbesondere das letzte Jahr, das Dieter noch bewusst erleben durfte. Dann gebe ich Denkanstöße zum Thema „Abschiednehmen, Kommen und Gehen". Während der gesamten Trauerfeier herrscht eine nachdenkliche Stille.

Ich ermutige die Trauergäste von der Macht der Gegenwart, der berührenden und beklemmenden Bilder der letzten Jahre, allmählich Abstand zu nehmen und sich im Anschluss, beim gemeinsamen Erinnern im Café Post an die schönen und besonderen Momente mit Dieter K. zu erinnern.

Auf Wunsch der Witwe reicht die Bestatterin eine kleine Schale mit Teelichtern durch die Reihen mit dem Hinweis, diese anzuzünden und vorne, an Dieters Urne, zum Zeichen der Verbundenheit abzustellen. Eine kurze und besondere Abschiedsfeier endet mit „Unter den Wolken" der Gruppe „Die Toten Hosen".

Dieters Urne bleibt in der Kapelle stehen und wird zu einem späteren Zeitpunkt anonym beigesetzt.

Die bittere Wahrheit

Der Anruf um 18.30 Uhr kommt dieses Mal nicht wie üblich von einem Bestatter, sondern direkt von einer Familie, die am Sterbebett der Mutter sitzt, mich am Abend noch als Trauerbegleiterin benötigt und in sehr absehbarer Zeit als Trauerrednerin.

Es ist 19.30 Uhr und genau die Zeit, sich auf einen gemütlichen Abend einzustellen. Aber ich bin bereits auf dem Weg. Ausnahmsweise habe ich heute keine Reden mehr zu schreiben und meine Hausarbeit ist auch erledigt. Um 20.00 Uhr stehe ich vor der Haustür meiner Kunden. Keine Klingel? Kein Namensschild? Wie ich das hasse!

Die allerbeste Adresse ist es nicht gerade. Meterhohes Unkraut ziert den Eingangsbereich und ich ahne, was mich innen erwarten wird. Hier hat schon lange keiner mehr nach dem Rechten geschaut. Der Geruch von Zigarettenrauch hat längst seinen Weg durch die verschlossene Haustür gefunden.

Als sie sich auf mein Klopfen hin öffnet, blicke ich in das verweinte Gesicht von Lisa F., die mich angerufen hatte.

Wir gehen die enge Holztreppe nach oben, diese ist bis auf einen fußbreiten Gang zugestellt mit Kleinkram. Lisa F. führt mich in das Sterbezimmer von Frau H. Hier sitzen die beiden anderen Töchter.

Die Luft steht. Ich berühre zur Begrüßung Frau H.s Arm. Er ist kühl. So viel kann ich sehen: Lange wird es mit ihrem Tod nicht mehr dauern. Schon seit drei Tagen hat sie nicht mehr gegessen und nicht mehr getrunken. Ihre Atmung ist ganz flach und unregelmäßig, ein leichtes Rasseln ist zu hören. Das entsteht dadurch, dass die Menschen in diesem Stadium nicht mehr abhusten können. Ihr Gesicht ist spitz, die Augen und Wangen eingefallen und der Mund blass als Folge der bereits sehr schlechten Durchblutung. Frau H. ist nicht mehr ansprechbar, ihr Mund geöffnet und die Augen geschlossen.

Da sitzen die drei Kinder und begleiten ihre Mutter auf ihrem letzten schweren Weg. Ein sehr berührender und bewegender Moment. Was noch in der Luft schwebt und allen das Atmen erschwert, erfahre ich, als ich mit Lisa über die Treppe nach unten in die Küche gehe.

Ihre Mutter ist Alkoholikerin und psychisch krank. Ihr ganzes Leben lang. Schon als junges Mädchen war sie mehrfach in stationärer psychiatrischer Behandlung, hat unzählige Suizidversuche unternommen und konnte ihr ganzes Leben lang nie irgendwo Fuß fassen - geschweige denn arbeiten und ihr eigenes Geld verdienen.

Im Alter von 21 Jahren war Frau H. bereits Mutter von drei Kindern. Zwei ihrer Töchter schickte das Jugendamt in eine Pflegefamilie. Lisa, die jüngste Tochter, kam im Alter von 3 Jahren zunächst in ein Kinderheim und später auch in eine Pflegefamilie.

Lisas Geschichte: Lisa macht einen Tee und beginnt zu erzählen

„In der Pflegefamilie ging es mir nicht gut. Zeitlebens habe ich meine Mutter und meine beiden Schwestern vermisst und es nie überwunden, dass ich von meiner Familie getrennt wurde. Um diesen Verlust verarbeiten und den damit verbundenen Schmerz ertragen zu können, erfand ich zunächst für meine Freundinnen im Kinderheim eine Geschichte und baute mir auf diese Weise eine schöne Traumwelt auf.

Voller Stolz erzählte ich jedem, dass ich bei meiner Patentante wohne, da meine Mutter in den USA lebe und dort eine gefragte Fachärztin für Kinder mit einer Behinderung sei. Einmal im Monat komme sie und besuche mich hier in Deutschland. Mit dieser Lüge genoss ich über all die Jahre und Jahrzehnte besondere Aufmerksamkeit von all meinen Freundinnen und radierte damit den vermeintlichen Makel in meinem Leben einfach aus. Auch später noch, in meinen Partnerschaften, spielte ich die Rolle der Arzttochter weiter, aus der es mittlerweile für mich auch gar kein Entkommen mehr gab.

Längst hatte diese Geschichte eine eigene Dynamik entwickelt. Ich häufte auf diese Weise immer mehr Schulden an, die meine Partner teilweise für mich ausgleichen mussten. Glück hatte ich in keiner meiner Beziehungen."

Was ich besonders tragisch an dieser Geschichte finde und was mich wirklich sehr berührt ist, dass Lisa bis zu dem Zusammentreffen mit ihren Schwestern am Sterbebett der Mutter keinen Weg gefunden hatte, ihre Scheinwelt zu verlassen und zurück zur Realität zu finden und dass sie niemals professionelle Hilfe in Anspruch genommen hatte.

Nun liegt die über Jahrzehnte von Lisa verherrlichte Mutter, eine fremdgewordene Frau in einer heruntergekommenen Wohnung im Sterbebett und Lisa wird knallhart, von einer Minute zur anderen und ohne jegliche Rücksicht auf ihre psychische Verfassung von ihren Schwestern mit einer bedrohlichen Realität konfrontiert. Mit der Wahrheit!

Wir sitzen noch knapp eine Stunde in der Küche und es ist völlig klar: Lisa braucht professionelle Hilfe - und zwar sofort. Das hat ihr Hausarzt gleich am nächsten Morgen für sie veranlasst. Nur zwei Tage nach meinem Besuch bei der Familie hat es Frau H. geschafft und ist sanft eingeschlafen. Alle drei Kinder waren bei ihr.

Lisa hatte – im Gegensatz zu ihren Schwestern - den Wunsch an mich, Frau H. in meiner Trauerrede als eine wundervolle, verantwortungsbewusste Mutter darzustellen. Dies löste einen Konflikt in mir aus, da eine Trauerrede, meiner Meinung nach, ein ehrlicher Rückblick auf das Leben der Verstorbenen sein sollte. Aufgrund von Lisas psychischer Verfassung, der traurigen Lebensgeschichte der Mutter und der Tatsache, dass sich fast alle Menschen von Frau H. distanziert hatten, schlug ich den Schwestern vor, auf eine klassische Trauerfeier ganz zu verzichten. So haben wir im kleinen Kreis mit einem Gebet und einem schönen Instrumentalstück in aller Ruhe direkt an der Grabstelle Abschied genommen. Alle, auch Lisa, waren der Meinung, dass wir es genau so richtig entschieden haben.

Auf und davon

Wenn sonntags morgens schon vor neun Uhr mein Telefon klingelt, kann es nur meine Schwester Anna-Maria oder ein neuer Auftrag für mich sein. Ich springe aus dem Bett und melde mich mit aufgesetzt wacher Stimme.

Es erschüttert mich, was meine Lieblingsbestatterin Uschi zu berichten hat: Eine junge Frau hat sich suizidiert. Die Kripo hat den Fall übernommen. Ich frage nicht nach den näheren Umständen, um keine schrecklichen Bilder in meinem Kopf entstehen zu lassen.

Uschi bittet mich, noch heute die Lebensgefährtin der Verstorbenen, Frau J., zu besuchen. Sie brauche dringend jemanden, mit dem sie reden könne.

Uschi kennt mich und weiß, dass ich eine sehr gute Zuhörerin bin. Ich habe vor 15 Jahren eine berufsbegleitende Ausbildung für seelsorgerische Krisenintervention gemacht.

Das kommt mir heute wieder einmal zugute. Dennoch kommen in mir Zweifel auf, ob ich einem Menschen in solch einer Ausnahmesituation eine wirkliche psychologische Unterstützung sein kann.

Doch ich habe ja Anja, eine sehr gute Freundin und Psychologin. Ich weiß, dass ich sie auch heute, am Sonntag, stören darf, wenn ich nicht weiterkomme und ihre Hilfe brauche.

Bernd ist mittlerweile auch von meinem Telefonat wach geworden. Er hat damit aber kein Problem und unterstützt meine Arbeit ohne Wenn und Aber. Wenn ich ihn nicht hätte!

Nach dem Frühstück wird unsere Sonntagsplanung wie so oft wieder einmal kurzfristig umgeworfen. Ich rufe direkt bei Frau J. an, um einen Termin mit ihr zu vereinbaren. Sie hat bereits auf meinen Anruf gewartet.

Schon knapp eine Stunde später bin ich vor Ort. Parkplätze sind rar. Unter den vielen Namen auf dem Klingelschild suche ich vergebens nach Frau J. Drei Klingelschilder sind ohne Namen. Nach dem Zufallsprinzip wähle ich eines davon aus und die Haustür öffnet sich mit einem Summen.

In der Tür steht eine junge Frau, die mir wortlos, nur mit einer Geste, Eintritt in ihre Wohnung gewährt und im selben Augenblick auch schon wieder verschwindet. Ich bleibe abwartend an der Wohnzimmertür stehen und schaue mich um. Eine süße, kleine Wohnung, wäre sie nur aufgeräumt.

Die Wände sind mit großformatigen Bildern auf Leinwand geschmückt. „Hier malt jemand selbst", denke ich. Große Bilder lassen einen kleinen Raum großzügig wirken, das gefällt mir.

Frau J. erscheint wieder und lässt sich auf das knallrote Sofa fallen. Ich nehme einen Stapel ungeordnete Wäsche von einem ebenfalls knallroten Sessel auf und verlagere ihn auf einen Hocker. Jetzt kann ich Frau J. vis-à-vis sitzen.

Bisher hatte sie noch keinen Blickkontakt zu mir aufgenommen. Nach einer Weile beuge ich mich ein wenig nach vorne, berühre vorsichtig ihre Hand und sage: „Ich bin bei Ihnen. Weinen Sie ruhig. Es ist so schlimm, was da passiert ist. Ich bin auch ganz erschüttert von dem, was ich gehört habe."

Bis zu diesem Zeitpunkt kenne ich die Todesumstände von Frau K. noch nicht im Detail. Das Telefon klingelt, doch Frau J. ignoriert es.

„Frau J., darf ich Ihnen ein Glas Wasser einschenken?", frage ich, obwohl es mir nicht zusteht, mich in einem fremden Haushalt zu bedienen. Sie richtet sich auf. Unsere Blicke treffen sich für Sekunden:

„Warum hat sie das getan? Was ist in sie gefahren? Ich kann das nicht verstehen. Ich kann nicht mehr und ich will auch nicht mehr. Alles, was ich liebte, ist nun tot, tot, tot, tot, tot. Waaarum?? Warum hat sie mir das angetan? Warum hat sie mir nichts gesagt? Ich habe nichts bemerkt. Was war nur los mit ihr?"

Dann erzählt sie vom vorgestrigen Abend:

„Es war ein ganz normaler Abend. Wir saßen wie immer hier im Wohnzimmer und schauten uns gemeinsam einen Film an. Wir trinken dazu meist ein Glas Wein, vorgestern war es Prosecco.

Wir haben auf Carlas Vorstellungsgespräch, das gestern sein sollte, angestoßen und uns mehrmals zugeprostet. Sie hatte sich bereits vor einigen Wochen bei einer Marketing- Firma beworben und diesen gestrigen Tag sehnsüchtig erwartet.

Carla ging schon eine Stunde vor mir ins Bett, um gut ausgeschlafen in das Gespräch mit ihrem potentiellen, neuen Arbeitgeber zu gehen.

Ich brauchte mir keinen Wecker zu stellen. Schon um 7.30 Uhr wurde ich wach und wunderte mich sehr darüber, dass Carla das Haus bereits verlassen hatte, ohne sich von mir zu verabschieden. Das macht sie sonst immer. Das ist total untypisch für Carla. Wir frühstücken immer gemeinsam. Ich dachte noch, dass sie mich vielleicht diesmal nicht wecken wollte, weil sie so aufgeregt war. Keine Ahnung.

Ich bin also aufgestanden, um ins Bad zu gehen. Doch die Tür war abgeschlossen. Das hat sie noch nie gemacht. Sie ist also noch da – dachte ich.

‚Carla?‘, rufe ich. ‚Carla? Mach auf! Carla, mach die Tür auf, was ist denn los mit dir?‘ In diesem Moment spürte ich, dass irgendetwas etwas Schlimmes passiert sein musste. ‚Mach die Scheißtür auf!‘, schrie ich, während ich wie eine

Wahnsinnige gegen diese donnerte. Totenstille. Keine Reaktion, kein Geräusch, was auf ein Lebenszeichen von Carla hingedeutet hätte.

Sie ist ohnmächtig, schoss mir durch den Kopf. Sie ist gestürzt und ist umgefallen. Lieber Gott, sag, dass sie nicht tot ist.

Wie eine Amokläuferin rannte ich die 5 Etagen runter zu unserem Hauswart. Ich wusste, dass er Werkzeug hat, um die verdammte Badezimmertür zu öffnen.

Sekunden später folgte er mir im Laufschritt nach oben. Im Handumdrehen war die Tür geöffnet. Aber: Carla war nicht da. Das Fenster stand weit auf. Ich schaute reflexartig nach draußen und nach unten in unseren Hof: Carla!"

An dieser Stelle bricht der Monolog ab. Frau J. läuft nach nebenan ins Schlafzimmer und weint bitterlich. Es berührt mich sehr und macht mich noch hilfloser, als ich es ohnehin schon bin. Ich lasse sie alleine, bleibe aber im Wohnzimmer sitzen – genau das sage ich ihr auch. Nach ein paar Minuten schaue ich nach ihr und wir gehen gemeinsam die paar Schritte ins Wohnzimmer zurück.

Erst nach einer ganzen Weile richtet Frau J. erstaunlich klar und gefasst ihren Blick zu mir, bedankt sich für meine Geduld und entschuldigt sich für ihren Zustand, ihre Verwirrtheit.

Ich erspare mir Floskeln wie z. b. „nicht dafür" und sage stattdessen: „Ich bin gerne bei Ihnen, Sie brauchen sich für nichts zu entschuldigen."

Dann gestehe ich ihr, dass ich mich nicht in der Lage sehe, mich auch nur annähernd in ihre Gefühlslage hineinzuversetzen, da ich so etwas Schlimmes noch nicht erlebt habe.

Ich sage ihr auch, dass es niemanden auf der Welt gibt, der ihr diesen unsagbaren Schmerz abnehmen kann, es aber sicherlich viele Menschen in ihrem Leben gäbe, die ihr jetzt zur Seite stehen werden. Wir nähern uns ein wenig an und unsere Augen nehmen wieder kurz Kontakt zueinander auf. Dann folgt wieder langes Schweigen.

Ein Film läuft vor meinem inneren Auge ab: Ich gehe abends ins Bett, wünsche Bernd eine „gute Nacht" und sehe ihn ab dann nie wieder. Zumindest nicht lebend. Und nach einem Sturz aus dem 5. Stock würde ich ihn auch nicht mehr wieder sehen wollen.

Sicherlich würde ich mir sofort eine Mitschuld an seinem Suizid geben und mich fragen, ob ich genügend auf seine Bedürfnisse eingegangen bin. Möglicherweise würde ich sogar unsere ganze Beziehung in Frage stellen.

Was für eine grausame Vorstellung. Ich muss versuchen, die in mir entstehenden Bilder umgehend wieder zu löschen.

Was für ein sinnloser Akt, den Carla da vollzogen hat. Sinnlos jedenfalls in den Augen derer, die ratlos und unendlich traurig zurückbleiben.

„Vorgestern war noch alles selbstverständlich und schön. Seit heute befinde ich mich in der Hölle. Über Nacht ist alles leer geworden, alles ist leer: meine Wohnung, mein Kopf, mein Herz."

„Ja, Frau J., das verstehe ich gut. Alles Selbstverständliche und Vertraute, alles was Ihnen Jahre lang ein Gefühl von Sicherheit und Geborgenheit gab, ist nicht mehr da. Es ist sicher sehr, sehr schmerzhaft."

Ich frage mich: Was bleibt eigentlich, wenn nichts mehr da ist? Was wäre, wenn ich einmal meine große Liebe verlieren würde? Wie könnte ich weiterleben? Wie könnte ich mit den Schuldgefühlen umgehen? Könnte ich so ein schreckliches Ereignis jemals vergessen?

Das Telefon klingelt erneut. Frau J. reagiert wieder nicht. Ich frage sie, ob ich abnehmen darf? Wie gut, dass ich diesen Impuls hatte. Ein Kollege von Frau J. ist am anderen Ende der Leitung und fragt, warum sie gestern und heute nicht zur Arbeit gekommen sei. Ich erlaube mir, ihn über den Tod der Lebensgefährtin seiner Kollegin zu informieren, ohne dabei Details zu erwähnen.

In der Leitung herrscht Stille. Der Anrufer ist geschockt, verspricht mir aber, sich um Frau J. zu kümmern. Ich fühle mich erleichtert und sage ihm, dass ich mich darauf verlasse. Für eventuelle Rückfragen oder eine Kontaktaufnahme nenne ich ihm meine Telefonnummer.

Irgendwie erleichtert, obwohl noch längst nicht alle Fragen meines Fragebogens beantwortet sind, bin ich dreieinhalb Stunden später endlich auf dem Nachhauseweg.

Mein Sonntag mit Bernd ist schon fast gelaufen. Diese Zeit bezahlt mir niemand, das weiß ich. So ist das eben in meinem Job, wenn man das überhaupt als Job bezeichnen kann.

Aber was sollte ich tun? Sollte ich etwa bei meinem nächsten Besuch Frau J. eine Rechnung für die fast 4 Stunden Gespräch auf den Wohnzimmertisch legen? Wohl kaum. So etwas läuft in meiner Buchführung unter dem Titel „Ehrenamt". Das ist es im Übrigen für mich tatsächlich: eine Ehre.

Bernd sagt sicher gleich wieder zu mir: „Vergiss aber nicht, vor lauter Ehrenamt auch mal wieder eine Rechnung an deine Trauernden zu schreiben." Er hat ja recht.

Am übernächsten Nachmittag stehe ich bereits wieder vor dem Mehrfamilienhaus. Diesmal drücke ich zielsicher den richtigen Klingelknopf.

Heute mache ich mir Notizen für die Trauerfeier von Carla K., sie wird im engsten Familien- und Freundeskreis stattfinden.

Auf dem roten Sofa sitzen heute Herr und Frau K., die Eltern der Verstorbenen. Ihre Gesichter sprechen von tiefer Trauer. Auf einem kleinen Fußschemel hat die zweite Tochter Platz genommen. Frau J. holt eine Flasche Wasser aus der Küche, stellt aber keine Gläser dazu.

Es braucht nicht viel Menschenkenntnis und Erfahrung, um zu erkennen, dass die Familie an der Grenze ihrer Belastbarkeit steht. Sie alle sind traumatisiert. Sie wollen es nicht wahrhaben, dass ihre Carla sie einfach verlassen hat, dass sie einfach gegangen ist – ohne etwas zu sagen oder sich etwas anmerken zu lassen. Auch heute nicht, 5 Tage nach dem tragischen Ereignis. Ein unsagbares Leid und das unausgesprochene Gefühl von Scham und Schuld beherrschen die nächsten Stunden unser Gespräch.

„Sie wirkte, wie jeder andere auch, hin und wieder nachdenklich, vielleicht auch traurig", wirft Frau J. in die Runde. „Der Grund dafür lag sicher darin, dass sie keine adäquate Arbeitsstelle finden konnte. Aber depressiv – da sind wir uns alle einig – war sie nicht. Es gab einfach überhaupt keine Anzeichen für eine Lebenskrise. Sie hatte keine Krise. Es gibt keinen Abschiedsbrief. Nichts."

Auch nach hochemotionalen zweieinhalb Stunden hat noch niemand aus der Runde eine Erklärung für Frau Ks` Entscheidung, ihrem Leben ein Ende zu setzen, gefunden.

Genau das ist es, was die Situation so schwer erträglich macht. Wäre Frau K. krank gewesen, unheilbar krank, dann könnten die Anwesenden sicher irgendwie und irgendwann damit umgehen, wobei auch das in Carlas Alter schlimm genug gewesen wäre.

Ein Unfall wäre ebenso dramatisch, würde aber eine Logik beinhalten. Es gäbe einen Verursacher und ein Opfer.

Wir Menschen brauchen für alles eine logische Erklärung, erst recht für ein solch unfassbares Geschehen. Erst wenn wir verstehen, warum etwas so ist wie es ist, können wir es irgendwann akzeptieren, verarbeiten und vielleicht auch - zu einem viel späteren Zeitpunkt - loslassen.

Das größte Problem der Familie sowie der Lebensgefährtin ist jetzt ein sie beherrschendes, unerträgliches Schuldgefühl, mit dem sie erst einmal leben werden.

Jeder einzelne von ihnen fühlt sich alleinschuldig am Tod von Carla. Herr und Frau K. werfen sich vor, sich nicht genügend um ihre Tochter gekümmert zu haben. Auch die Schwester der Verstorbenen scheint sich sicher zu sein, dass Carlas Freitod etwas mit ihr zu tun hat. Sie bedauert, dass sie sich nicht viel häufiger mit ihrer Schwester getroffen und mehr für sie interessiert hat. Der Kontakt zwischen den beiden bestand - gerade in den letzten Monaten - überwiegend über den Messenger-Dienst WhatsApp.

Ganz gleich was ich jetzt sagen würde: In diesem Moment können Worte nicht trösten. Vernunft und der gesunde Menschenverstand sind jetzt bei den Trauernden ausgeschaltet.

Diese Trauer, die über die Familie gekommen ist, unterscheidet sich im Wesentlichen von der klassischen Trauer. Sie können es nicht verstehen, wie ihre geliebte Carla ihnen so etwas Schreckliches antun konnte. Ihr totales Unverständnis und ihre eigene Unzulänglichkeit wechseln sich mit einem starken Gefühl von Wut ab.

Mit klarem Kopf betrachtet konnten die beiden Schwestern natürlich froh darüber sein, dass es die sozialen Medien überhaupt gibt und sie dadurch regelmäßig Kontakt zueinander haben konnten.

Die beiden trennten fast 400 km voneinander. Circa viermal im Jahr trafen sie sich für ein bis zwei Tage für gemeinsame Unternehmungen und zum Austauschen, mal bei der einen, mal bei der anderen Schwester. Das ist mehr als in vielen anderen Familien, aber natürlich kann man die Intensität einer Beziehung nicht an der Anzahl ihrer Kontakte messen.

Die Beziehung der beiden Schwestern war immer gut. Wenn sie sich trafen, waren die Gespräche intensiv, offen und nah. Kein Grund, ein schlechtes Gewissen haben zu müssen und sich gar für den Freitod der Schwester verantwortlich zu fühlen.

Niemand hat Schuld an Carlas Tod. Selbst Carla nicht.

Für die Angehörigen ist es nach einem Suizid oftmals besonders belastend mitzuerleben, dass auch das Umfeld, also die Nachbarn, die Freunde und Kollegen einem Freitod völlig hilflos gegenüber steh.

Suizid ist für viele Menschen etwas „Unmoralisches", etwas, das man einfach nicht tut. Mit so etwas belastet man seine Familie nicht.

Das Sprechen über den Freitod, der Austausch über das, was der Familie widerfahren ist, fällt sowohl innerhalb der Familie als auch in deren Umfeld sehr, sehr schwer. Warum eigentlich?

Die Antwort könnte das eigene Unverständnis, die eigene Trauer, und die reine Hilflosigkeit der Menschen sein. Es ist die Angst, die psychische Verfassung der Trauernden noch zu verschlimmern.

Im Fall Carla K. kommt hinzu, dass sie in einer gleichgeschlechtlichen Partnerschaft lebte. Vor allem in kleinen Gemeinden gibt es leider immer noch viel zu viele Menschen, die die Meinung vertreten, dass Homosexuelle nicht „gesund" sind.

Stirbt hingegen ein alter Mensch eines natürlichen Todes, weiß das Umfeld in der Regel, wie es sich den Trauernden gegenüber zu verhalten hat und welche Worte ihnen Trost spenden können.

Hätte Carla K. beispielsweise mit der Diagnose Brustkrebs leben müssen oder einen Herzinfarkt erlitten, bekämen die Familie und Frau J. jetzt vermutlich mehr Unterstützung und Beistand von außen.

Zur Trauerfeier kommen nur sechs Personen: Die Lebensgefährtin, Frau J., die Eltern und die Schwester der Verstorbenen sowie ihr Kollege mit seiner Partnerin.

Die folgenden 25 Minuten sind für alle, auch für mich, sehr schwer auszuhalten.

Der kleine Nebenraum der Friedhofskapelle gibt uns das schöne Gefühl, im wahrsten Sinne des Wortes, ganz eng zusammen zu rücken.

Ich merke schon bald, wie sehr ich von meinem geplanten Konzept abweichen muss, um dieses wohltuende Gefühl von Zusammenhalt bewahren zu können.

Wir zünden jeder eine Kerze an und verbinden uns in Gedanken mit Carla. Es bleibt die Hoffnung, dass diese Kerzen Licht in die Dunkelheit der

Herzen bringen und dass die Schuldgefühle, wie auch die Kerzen, irgendwann verlöschen werden.

Noch lange halte ich den Kontakt zu Frau J. Ich kann ihr einen Therapieplatz in einer psychologischen Praxis besorgen. Hin und wieder schreibt sie mir eine Nachricht. Natürlich über WhatsApp. Darüber freue ich mich immer wieder.

Fasse Dich kurz

Im 8. Stock der Hausnummer 24a am Sonnenhügel suche ich das Klingelschild mit dem Namen des Verstorbenen. Viele der Schilder sind schon mehrmals überklebt worden. Ich wähle willkürlich aus und habe Erfolg.

Den Aufzug benutze ich lieber nicht. Was, wenn ich hier stecken bleibe…?

In der Wohnung riecht es unangenehm nach Zigarettenrauch. Wenn ich nachher nach Hause komme, werde ich mich sofort umziehen. Ich habe ja selbst einmal geraucht, aber heute stört es mich extrem, wenn meine Kleidung oder meine Haare danach riechen.

Frau H. sieht aus wie 70 plus, blondgefärbte Haare mit einem ca. 2 cm breitem, dunklen Streifen am Scheitel. Sie trägt eine Jogginghose und ein übergroßes Sweatshirt mit Schmetterlingen. In der Hand hält sie eine qualmende Zigarette.

„Guten Tag, stört es Sie, wenn ich rauche?", sind ihre begrüßenden Worte. „Nein überhaupt nicht", antworte ich höflich.

Warum hat sie nicht wenigstens nur die Sachen weggeräumt, die im Wohnzimmer nichts verloren haben? Die Wäsche, die abgegessenen Teller? Leert sie auch manchmal den Aschenbecher aus?

Da ist es wieder: Mein unbändiges Bedürfnis, aufräumen zu müssen. Ich liebe Ordnung und Klarheit über alles und würde am liebsten mit ein paar Handgriffen ein wenig Überblick in diesem Wohnzimmer schaffen. „Ordnung ist das halbe Leben" hat meine Mutter immer gesagt. Ja – diese Leidenschaft, Ordnung zu schaffen habe ich, neben weniger spannenden Macken, von ihr geerbt.

Meine Schwester Martha sagt übrigens, dass Ordnung genau das halbe und nicht das ganze Leben ist und bei mir sei es keine Leidenschaft, es sei ein Aufräumzwang. Das sagt sie aber nur, weil sie selbst nicht in der Lage ist, länger als einen Tag Ordnung zu halten.

Jetzt muss ich diese Gedanken allerdings erst einmal beiseiteschieben. Mein Auftrag ist es, eine Trauerrede für Hans-Hermann H. zu schreiben.

„Es wird für Sie möglicherweise ungewöhnlich sein, aber ich sage Ihnen, wie es ist: Mein Mann und ich haben getrennt gelebt. Es ging einfach nicht mehr.

Vor 3 Jahren erlitt er einen Schlaganfall. Daran war er selbst schuld, denn er hat geraucht und leider auch getrunken wie ein Irrer. Nach einer Reha-Maßnahme ging es ihm wieder so gut, dass er sich selbstständig an- und ausziehen, duschen und zur Toilette gehen konnte.

Seine Stimmung war schrecklich. Ich habe es einfach nicht mehr ausgehalten, mir seine schlechte Laune jeden Tag wieder neu anhören zu müssen.

Hans–Hermann ist dann zu seiner Mutter gezogen. Dann kam der zweite Schlaganfall und Hans-Herrmann wurde zu einem Pflegefall. Meine Schwiegermutter war zu diesem Zeitpunkt bereits selbst schon nicht mehr fit und ich habe dann dafür gesorgt, dass er in das Laurentius- Heim kam.

Kurz darauf starb meine Schwiegermutter ganz plötzlich. Sie hatte ein Aneurysma. Ja, und dann zog ich hier in ihre Wohnung ein – die ja zum Glück abbezahlt war.

Seit ich hier bin, fühle ich mich schlecht. Ja, ich habe ein schlechtes Gewissen, dass ich hier in Hans–Hermanns Elternhaus wohne und ihn ins Heim abgeschoben habe. Aber: Ich konnte doch nicht mehr...“

Das kann ich sehr gut verstehen, denke ich. Mit meiner Mutter war es irgendwann auch so, dass ich es neben meinen Beruf einfach nicht mehr geschafft habe, sie angemessen zu betreuen.

„Vielleicht ist das die Strafe dafür, dass ich jetzt hier ganz alleine bin“, sagt Frau H. „Ich habe niemanden. Meine Schwiegermutter pflegte keine Kontakte zu den Nachbarn, mein Sohn aus erster Ehe ist irgendwo im Ausland, ich weiß nicht wo. Ich habe seit Jahren nichts mehr von ihm gehört.

Eine Zeit lang hatte er auch mit Drogen zu tun, ich weiß es nicht, keine Ahnung.

Nur damit Sie Bescheid wissen, Frau ääh... Die Trauerfeier wird nicht so sein, wie Sie sich das vielleicht vorstellen. Ich werde mit meiner Nichte Stefanie da sein, sonst niemand. Mein Bruder hat den Kontakt zu mir abgebrochen, keine Ahnung wieso. Ich glaube, da steckt seine Freundin dahinter. Sie konnte mich von Anfang an nicht leiden.

Ja, das Einzige was mir jetzt noch bleibt, ist diese Wohnung. Ob ich die überhaupt halten kann, weiß ich noch nicht. Ich muss abwarten, was ich aus der Lebensversicherung von Hans-Hermann bekommen werde. Zum Glück habe ich mich nicht scheiden lassen."

Jetzt muss ich Frau H.´s Redefluss stoppen. Ich frage sie, ob wir unter diesen Umständen die Trauerfeier denn überhaupt in der Trauerhalle abhalten wollen oder ob ich besser nur am Grab ein paar Worte sprechen sollte?

Mein Freund Peter, der von Frau H. beauftragte Bestatter, hatte ihr bereits die kleine Kapelle im Ort vorgeschlagen. Er hat Recht, wenn er sagt, dass man immer davon ausgehen sollte, dass vielleicht doch ein paar Leute aus der Nachbarschaft oder auch ehemalige Kollegen von Hans–Hermann kommen werden.

So ein Tod spricht sich – gerade in kleineren Ortschaften – herum wie ein Lauffeuer. Vielleicht kommen die Leute ja auch aus reiner Neugier?

Ich frage Frau H., was ich überhaupt über ihren Exmann erzählen soll?

„Nichts – bitte nichts. Sprechen Sie doch nur ein paar allgemeine Sätze – irgendwelche Gedichte und ein Vaterunser. Das wissen Sie doch besser als ich. Irgendwas über den Tod und dann ist es gut. Vielleicht 5 – 10 Minuten insgesamt.“

Ich habe verstanden und stelle Frau H. noch ein paar grundlegende Fragen: Welche Einstellung hatte Hans–Hermann zum Tod? War er gläubig? Welche Musik liebte er bzw. würde gut zu ihm passen? Welche Musik gefällt Ihnen?

Auf der Heimfahrt gehe ich bereits die Rede in Gedanken durch: Mittlerweile bin ich im Besitz einer sehr umfangreichen Textsammlung. Wenn mir irgendwo ein schöner Text begegnet, schreibe ich ihn sofort auf und pflege ihn in meine Karteien ein.

Gleich werde ich in aller Ruhe einen Text aussuchen, der Frau H. entlastet, ihr das schlechte Gewissen für ihre Entscheidung nimmt und ihr die Möglichkeit gibt, sich gedanklich auch in die schöne Zeit mit Hans-Hermann zurückzuversetzen. Diese gab es lange Zeit auch.

Ich denke an einen wunderbaren Text in dem es um den Rückblick eines Verstorbenen auf sein Leben geht – auch um die Fehler, die er gemacht hat und darum, dass die Abendsonne alles in ihr mildes Licht taucht und sich über das Gewesene der tröstende Glanz des Friedens legt.

Ich entscheide mich für zwei Musikstücke, denn manchmal sagt Musik mehr als Worte. Für den Beginn wähle ich „My Way" von Frank Sinatra und zum Auszug Klaviermusik von Ludovico Einaudi.

Die kleine Feier dauerte genau zwölf Minuten, sie war dennoch würdevoll und der schwierigen Situation angemessen.

Im Übrigen hat es ja bereits Mark Twain schon gesagt:

„Eine gute Rede hat einen guten Anfang und ein gutes Ende – und beide sollten möglichst dicht beieinander liegen."

Getrennt zusammen

Es kommt nicht allzu oft vor, dass ich an meinem Schreibtisch sitze und auf ein leeres Blatt auf meinem Bildschirm starre. Aber es gibt sie, die Tage, an denen ich einfach nicht die passenden Worte finde. Ich bin auf der Suche nach einem Zitat für den Einstieg in die Trauerrede für Johanna W.

Heute habe ich endlich wieder den zeitlichen Luxus, schon kurz nach dem Trauergespräch zu Hause mit dem Schreiben beginnen zu können. Und ausgerechnet jetzt fällt mir nichts ein.

Ich denke über die vergangenen zwei Stunden nach.
Die Familie W. wohnt in einem kleinen Klinkerbau mit einem hübschen Vorgarten. Herr W., seit einem Tag Witwer, ist ein untersetzter Mann um die 70 Jahre. Er begrüßt mich mit einem unangemessen festen Händedruck, mit harter und sehr lauter Stimme.

Hinter der Eingangstür steht ein Schuhregal mit zahlreichen Filzüberschuhen in allen Farben und Größen. „Aha, eine große Familie", denke ich. Ungefragt will ich meine Schuhe ausziehen, doch der Hausherr winkt ab.

Er führt mich in das Wohnzimmer direkt zu einem Sofa mit kleinen, rosafarbenen Blümchen. Die Rückenlehne und die Armstützen sind mit gehäkelten runden Deckchen belegt. „Das hier war ausschließlich das Reich meiner Frau", klingt es aus Herrn W.s Mund wie eine Entschuldigung. Zu Recht finde ich - denn so ein kitschiges Wohnzimmer habe ich lange nicht mehr gesehen.

„Alles was Sie hier sehen, liebe Frau von Eyff, alles trägt Johannas Handschrift. Alles das ist Johanna. Ich habe damit nichts zu tun."

Während er diese Sätze spricht, wird seine Stimme noch härter. Herr W. klingt wütend, genervt, verbittert. Es wirkt wie ein Versprechen als er sagt, dass „dieser ganze Klimbim" hier verschwindet, sobald Johanna beerdigt sei.

Mit Klimbim meint Herr W. wohl die unzähligen Kunstblumen, die sorgfältig aufgereihten Porzellantierchen, die Puppen mit gehäkelten Kleidchen, die kleinen Väschen und die unzähligen Deckchen, die zum Schutz auf den Tischen und Sitzmöbeln platziert sind.

Es fällt schwer mir vorzustellen, dass sich die beiden dieses Wohnzimmer Jahrzehnte lang geteilt haben - 48 Jahre waren sie verheiratet. Spricht man da nicht auch einmal über den gemeinsamen Geschmack??

Herr W. wirkt auf mich nicht wie ein Mensch, der keine eigene Meinung hat. Im Gegenteil: Er wirkt stark, dominant und durchgreifend.

So schenkt er mir auch ungefragt ein Glas Apfelsaft ein. Ich mag keinen Apfelsaft. Davon bekomme ich immer so einen pelzigen Belag auf den Zähnen. Aber soll ich diesem Menschen jetzt widersprechen? Fragen, ob ich lieber ein Glas Wasser bekommen kann? Ich beschließe, nur ab und zu an diesem Glas meine Lippen anzufeuchten und später ¾ davon zurückzulassen.

Ich schlage meine Schreibmappe auf und beginne die ersten Fragen zu stellen: Das Übliche: Geburtsort? Geschwister? Kindheit der Verstorbenen?

Herr W. erhebt sich entsetzt aus seinem Blümchen-Sessel: „Was soll ich denn auf so eine Frage antworten? Sie werden ja wohl jetzt nicht in der Kindheit meiner Frau herumwühlen wollen und das dann auf der Trauerfeier zum Besten geben?"

Ich rudere ganz schnell zurück und frage höflich nach, wie er sich denn die Trauerfeier für seine Frau vorstellt. Seine Antwort bringt mich beinahe zum Schmunzeln: „Naja, ganz normal halt." Jetzt müssen wir nur noch den Begriff „normal" für diesen Trauerfall definieren.

Mir wird klar: Ich muss mich mit den Informationen, die mir der Bestatter bereits in seiner Friedhofsmeldung geschickt hatte, zufriedengeben.

Personalien – Geburts- und Todestag, keine Kinder. Zwei Lieder – eins am Anfang und eins am Ende. Kann ich das? Natürlich kann ich so eine Rede schreiben, aber habe ich wirklich Lust darauf? Nein, habe ich nicht, aber hier geht es ja nicht um mich.

Herrn W.s klare Ansage: „Machen Sie es kurz und knapp!", fordert meine Kreativität heraus.

Mir schießen Fragen durch den Kopf: War Johanna ein Monster? Haben die beiden überhaupt noch miteinander geredet? Hat Herr W. seine Frau über Jahre betrogen oder sie ihn? Wieso wirkt er so wütend? Und wieso fällt ihm im Moment nichts zu seiner Frau ein?

Einen Versuch starte ich noch mit der Frage, wer denn die vielen schönen Blumen im Garten gepflanzt hat? Doch meine Bemühungen finden keinen Anklang, Herr W. reagiert nicht darauf.

Nach nicht einmal zehn Minuten bittet er mich mit eindeutiger Geste aufzustehen und ihm über eine gedrehte Holztreppe in die Tiefe des Hauses zu folgen – in sein Reich wie er es nennt.

Am Ende der Treppe öffnet er eine graue Brandschutztür und mein Blick fällt in einen urgemütlichen Raum mit Bollerofen, einem alten, samtbezogenen Sofa, einem Fernseher und mehreren Vitrinen. Während Herrn W.s Gesichtszüge immer weicher werden, erstarren meine. Ich traue meinen Augen nicht und vergesse für einige Zeit das Atmen:

Die Vitrinen sind bis an den Rand mit Messern in allen Formen und Größen ausgefüllt. Sie scheinen nach irgendeinem Prinzip geordnet und beschriftet zu sein.

Herr W. geht zur mittleren Vitrine, holt ein großes, seltsam geformtes Messer heraus und kommt auf mich zu. Sofort fällt mir die Duschszene in Hitchcocks Film „Psycho" ein.

Bin ich wahnsinnig? Ich stehe im Kellerraum eines fremden Hauses mit einem fremden Mann und bestimmt mehr als 1000 Messern. Es rast mir durch den Kopf: Hier hört dich niemand schreien. Ist Herr W. ein Psycho? Ein potentieller Täter? „Das hier ist ein Santoku – mein Lieblingsmesser für alle Gelegenheiten."

„Bin ich jetzt eine solche Gelegenheit? Was um alles in der Welt macht ein Mensch mit so vielen Messern?", frage ich Herrn W. entsetzt.

Seine Stimme klingt jetzt ganz locker und es hat den Eindruck, als ziehe er sogar seine Mundwinkel ein wenig in die Breite: „Sammeln Frau von Eyff – ich sammle Messer." Ich atme tief durch.

„Wenn es Sie interessiert, zeige ich Ihnen gerne einmal, worauf es bei einem guten Messer ankommt und worauf ich beim Ankauf eines Messers den größten Wert lege." - „Ooh, nein danke – so viel Zeit habe ich nicht", erwidere ich dem Messermann.

„Seien Sie mir bitte nicht böse Herr W., aber ich interessiere mich nicht für Messer. Mich interessiert allenfalls der Mensch, der sie sammelt. Doch heute bin ich hier, um etwas über Ihre Frau zu erfahren."

Herr W. nimmt mir weitere Fragen ab und erzählt bereitwillig von seiner Frau: „Johanna war ein Putzteufel – ich habe gelesen, dass dies eine Krankheit ist, die Mysophobie heißt. Das fing erst ganz harmlos an. Sie sagte immer, dass sie es gerne sauber und ordentlich hätte. Dagegen hatte ich natürlich auch nichts einzuwenden.

Dann, im Laufe der Jahre, steigerte sie sich immer mehr in dieses Putzen rein. Ständig wusch sie sich ihre Hände, wischte die Türgriffe ab oder berührte sie sogar nur mit ihren Ellenbogen.

Daran, dass unsere Gäste ihre Schuhe vor der Wohnungstür ausziehen mussten, hatten sich längst alle gewöhnt. Auch daran, dass auf unserer Fußmatte noch eine weitere Schutzmatte lag. Doch dann durfte sich schon bald niemand mehr auf das Sofa setzen. Johanna legte überall Handtücher oder Kopfkissenbezüge zum Schutz aus. Sie wechselte auch sofort ihre Kleidung, wenn sie von Draußen kam.

Und dann kam die Zeit, in der kein Fremder mehr das Haus betreten durfte. Johanna sah die Gefahr, dass Umweltstaub und Bakterien ins Haus dringen könnten. Selbst der Schornsteinfeger durfte nicht mehr die Treppe zum Dachboden hinaufsteigen. Alles tabu.

Dann wurden wir einsam. Ich habe diesen Zwang nicht mehr ausgehalten. Alles Reden mit Johanna war zwecklos. Ich konnte ihr nicht helfen und Johanna sah keine Notwendigkeit, sich Hilfe zu holen.

Natürlich habe ich diese Spielchen irgendwann nicht mehr mitmachen können. Ich habe das alles nicht mehr ertragen. Ich lebte in ständiger Angst, Dreck oder Krümel zu machen und meiner Frau damit Anlass zu geben, wieder putzen zu müssen.

Als ich eines Tages auf Socken über ausgelegte Handtücher ins Haus laufen sollte, habe ich beschlossen: Jetzt ist Schluss! Ich begann, mir meine eigene, kleine Privatsphäre zu schaffen. Ich räumte unseren Vorratsraum aus und habe mir hier dieses kleine Reich geschaffen. Hierhin habe ich mich in den letzten 15 Jahren zurückgezogen."

Ich beginne zu verstehen und jetzt wird mir die Tragweite von Johannas Krankheit erst richtig bewusst. Herr W. hat das alles ausgehalten – Jahrzehnte lang. Er hat ein tolles, gepflegtes Einfamilienhaus und lebte auf ca. acht qm im Keller, glücklicherweise mit einem separaten Eingang durch den Garten.

Nur noch hier im Keller fühlte er sich frei, doch Besuch hatte er auch hier nicht. Vermutlich schämte er sich – seine Frau auf ihre Art möglicherweise auch.

Ich bekomme Mitleid mit Herrn W. Er zeigt seine zarte und zerbrechliche Seite. Auch seine Stimme ist in den mittlerweile zweieinhalb vergangenen Stunden ganz sanft geworden. Unser Gespräch wird immer vertrauter. Herr W. hat seine Johanna über alles geliebt. 15 Jahre haben die beiden räumlich getrennt voneinander gelebt. Johanna oben und er unten.

Etwa vor zehn Jahren entdeckte Herr W. seine Sammlerleidenschaft für Messer, schaffte sich viele Fachbücher an, besuchte Spezialmessen und tauschte sich mit anderen Sammlern, überwiegend online, aus.

Ich mache Herrn W. unmissverständlich klar, dass mich seine Geschichte sehr berührt.

Nach einer weiteren Viertelstunde schaue ich noch einmal auf meine Uhr und bedaure fast schon, dass ich keine Zeit mehr habe länger zuzuhören. Ausgerechnet heute haben wir die Handwerker im Hause, die von mir bekocht werden müssen.

Dass nach Ansicht von Herrn W. Johannas Kindheit in der Trauerrede keinen Platz finden soll, habe ich jetzt verstanden.

Vermutlich bestand Johannas Putzzwang schon viel länger als 15 Jahre. Vielleicht sogar schon seit ihrer Kindheit oder Jugend?

Reinlichkeit ist in der Gesellschaft etwas durchaus Anerkennenswertes. Auch Herr W. sagt, dass er sich in seinem sauberen Haus anfangs natürlich immer sehr wohl gefühlt hatte.

Bis Herrn W. tatsächlich bewusst wurde, dass seine Johanna eine Zwangsstörung entwickelt hatte, die auch sein Leben mehr und mehr beeinflusste, vergingen viele lange Jahre.

Johannas Kindheit war durch die Alkoholsucht ihres Vaters geprägt. Schon früh musste sie Verantwortung für ihre kleine Schwester übernehmen. Gesprochen wurde über Vaters Krankheit nicht. Mit ihrer Mutter konnte Johanna nie über ihre permanenten Ängste und Unsicherheiten sprechen. Sie war schüchtern und zurückhaltend und hatte dadurch in der Schule Schwierigkeiten, Anschluss zu finden.

Das Schlimme für Herrn W. ist: Johanna hat auch mit ihm nie über ihre Ängste und die Angst vor Kontrollverlust gesprochen.

Beim Verabschieden sage ich zu ihm, dass ich Respekt vor ihm habe und bedanke mich für seine Offenheit und sein Vertrauen.

Hätte mir zu Beginn des Gespräches mit Herrn W. jemand gesagt, dass ich mich zum Abschied von ihm umarmen ließe, niemals hätte ich es mir vorstellen können.

Auf dem Weg nach Hause beschließe ich: Ich werde in meiner Rede offen über Johannas „Mysophobie" sprechen, diese jedoch nicht beim Namen nennen, sondern als „Krankheit" bezeichnen, die letztendlich zu ihrer Vereinsamung führte.

Außerdem werde ich ermutigende Worte für Herrn W.s Neuanfang auch wieder im oberen Teil des Hauses mit seinen alten Freunden und Nachbarn finden.

Beginnen werde ich die Trauerfeier für Johanna mit den nachfolgenden Worten von Adelbert von Chamisso eröffnen:
Allein zu sein!
Drei Worte, leicht zu sagen,
und doch so schwer,
so endlos schwer zu tragen.

Highway to Hell
oder Ave Maria

„Wie, Sie kennen Miewei und Timetosa nicht?"
Die Ehefrau eines Verstorben ist irritiert. „Das
wird doch sehr oft auf Trauerfeiern gespielt.
Meine Enkelin hat mir diese Lieder aufgeschrie-
ben."

Zuhause an meinem Schreibtisch gebe ich die Titel in die Suchmaschine meines Computers ein.
Erst beim Schreiben fällt bei mir der Groschen: Es
handelt sich um die beiden Titel: „My Way" und
"Time To Say Goodbye".

Angehörige tun sich oftmals schwer mit der Auswahl der Musik für die Trauerfeier. Weil viele
Menschen keinen besonderen Bezug zur Musik
haben, nimmt die Auswahl der Titel in meinen
Vorbereitungsgesprächen einen besonders großen
Raum ein. Hier vertraue ich - genau wie der Ba-
rockkomponist Christoph Willibald Gluck - auf
die Macht der Musik:

"Ich betrachte die Musik nicht als eine Kunst das
Ohr zu ergötzen, sondern als eines der größten
Mittel, das Herz zu bewegen und
Empfindungen zu erregen."

Musik kann fremde Menschen emotional miteinander verbinden und somit ein wichtiger und unterstützender Begleiter während der Trauerfeier sein. Die Auswahl der Musikstücke prägt die Atmosphäre einer Trauerfeier und ist meiner Meinung nach deshalb genauso wichtig wie die gesprochenen Worte.

Die Hirnforschung zeigt mit bildgebenden Verfahren, wie sich das Hören von Musik auswirkt - insbesondere im limbischen System, das für die Verarbeitung von Emotionen zuständig ist.

Bereits seit vielen Jahrtausenden spielt Musik eine bedeutende Rolle im Leben der Menschen. Immer schon wurde sie bei besonderen Anlässen eingesetzt. Und das ist bis heute so geblieben. Sie ist ein unverzichtbarer Begleiter in besonderen Lebensabschnitten wie Geburtstagen, Hochzeiten, Jubiläen und eben auch am Ende des Lebens, bei Trauerfeiern. Dies zeigt, wie schwer es ist, auf die Frage der Angehörigen eine Antwort zu finden: „Welche Musik sollen wir nehmen?"

Da die Trauerfeier für Angehörige ein sehr wichtiger und entscheidender Schritt in dem Trauerprozess ist, sollten sie sich von dem Gedanken befreien, was andere denken und „was man im Allgemeinen" macht.

Sorgfältig ausgewählte Musik kann einerseits die persönlichen Besonderheiten und den Charakter des Verstorbenen liebevoll unterstreichen und hervorheben, sie kann andererseits ebenso die emotionale Situation der Angehörigen aufgreifen, indem sie vorhandene Gefühle verstärkt oder verdeckte Gefühle hervorbringt.

„Suche ich jetzt Musik aus, die MIR gefällt, oder entscheide ich mich für die Lieblingsmusik meines Vaters?", fragt mich die 30-jährige Mali bei der Planung der Trauerfeier für ihren geliebten Papa. „Würde meine Mama noch leben, wüsste sie sicher ganz genau, welche Musik für Papas Trauerfeier die passende wäre."

Hektisch streicht sie über ihr Smartphone und sucht nach Titeln für Trauerfeiern. Mali möchte mit ihrer Musikauswahl allen Angehörigen und allen Trauergästen, den Nachbarn und Freunden ihres Vaters gerecht, werden.

Ich ermutige sie dazu, mir noch viel mehr über ihren Vater zu erzählen: Was hat ihn ausgemacht? Womit beschäftigte er sich? Wie pflegte er seine Freundschaften? Hatte er Humor? Was hat er gelesen? Und ich stelle ihr die Frage aller Fragen: Was hat er geglaubt? Was dachte der Vater zu dem Weg, den er nach dem Tod gehen würde?

Diese Fragen können schon einmal wesentlich die Entscheidung erleichtern, ob christliche oder weltliche Musik, Standards oder Individualmusik ausgewählt werden soll.

Ich unterstütze die Trauernden dabei, die Musik auszuwählen, die ihnen gefällt, ihnen Trost spendet und ihnen dabei hilft, ihren Gefühlen nachzugehen.

Ist die Musikauswahl dann entschieden, bleibt noch die Frage offen. ob sie live gespielt oder digital abgespielt wird, denn auch dies hat natürlich einen Einfluss auf den Charakter einer Trauerfeier.

Der Klang einer Orgel kann einen vertrauten, traditionell-würdevollen und eher sakralen Rahmen bieten, während digital abgespielte Lieder oder Instrumentalmusik die Trauerfeier möglicherweise individueller und persönlicher gestalten.

In besonderer Erinnerung bleibt mir die Liedauswahl von Mali für ihren Opa, die ein besonders breites musikalisches Spektrum hatte:

Der alte Schlager „Abschied ist ein scharfes Schwert" von Roger Whittaker rührte die Trauergemeinde zu Tränen, Max Richters „Vom Schlaf" trocknete sie wieder und das Tedeum von Händel mit seinem großen Glanz begleitete Malis Opa und die Trauernden dann aus der Trauerhalle zum Grab.

In einigen Trauerhallen ist der technische Fortschritt leider noch nicht so recht angekommen. Auch dies muss unbedingt bedacht und vorher geklärt werden.

Eine Episode wird mir immer unvergessen bleiben

Ich notierte in mein Tagebuch:

Was für eine unangenehme Überraschung als auf mein „Kopfnicken" als Startzeichen hin zum Bestatter B. anstelle des erwarteten „heute hier, morgen dort" von Hannes Wader eine peinliche Stille eintritt.

Erst nach gefühlten drei Minuten erklingt der Anfang eines Raps, bricht kurzzeitig ab und beginnt wieder von vorne.

Dieser Vorgang wiederholt sich mehrmals in Folge. Ich blicke angespannt im Wechsel auf B.`s hochroten Kopf und auf mein Manuskript.

B. beginnt wahllos Knöpfe zu drücken und Regler zu schieben. Nichts hilft.

Um die ungewollte Stille zu überbrücken, frage ich die Witwe: „Was würde Ihr verstorbener Mann denn jetzt in solch einer Situation sagen?"

Sie antwortet mit einem Lächeln im Gesicht: „Scheiß Technik!"

Und somit hatte der Verstorbene das „letzte Wort"

Ein besonderes Gartenfest

In diesem Kapitel stelle ich eine Rede vor, die ich anlässlich einer Gedenkfeier im Garten der Verstorbenen mit ihrer Hilfe verfasst habe. Aufgrund der Corona-Pandemie konnte zu ihrem Todeszeitpunkt keine Trauerfeier mit mehr als 10 Personen durchgeführt werden. Die Urne war daher bereits zuvor im kleinen familiären Kreis beigesetzt worden. Auf privaten Feiern waren zu dieser Zeit noch mehr Gäste erlaubt.

Die Feier für Elke S. begann mit dem Titel „Zuhause" von (dem Singer-Songwriter) Max Giesinger. Dieses Lied hatte die Verstorbene auf eine Wunschliste geschrieben, die nach ihrem Tod - wie sie schrieb - „abgearbeitet" werden sollte.

Hier der Liedtext:

> Wollt ich's nicht immer so
> Nie zu Hause sein
> Ständig unter Strom
> Stillstand als der größte Feind
> Ich reiß die Wurzeln aus
> Bevor sie tiefer gehen

Immer in Bewegung
Immer auf dem Sprung
Bin ich wirklich auf der Suche
Oder nur süchtig nach Veränderung?
Ich frage mich wie lang
Soll das noch weitergehen?

Schon so lang unterwegs
Mein Kopf will immer nur weiter
Mein Herz sagt, dass ich
Zuhause vermiss'
Wo auch immer das ist
Wann halt' ich an und hör' auf wegzulaufen?
Weil ich Zuhause vermiss'
Wo auch immer das ist.

'Ne Flut neuer Gesichter
Kenn mich selbst manchmal nicht mehr
Wache irgendwo auf und frag mich
Wo ich wirklich hingehör'
Lauf vor mir selber weg
Und komm kaum hinterher

Immer mehr erleben
Immer noch 'ne Schippe drauf
Muss noch ein Level höher
Fast alle Leben aufgebraucht
Wann bin ich mal zufrieden?
Ist doch eigentlich nicht so schwer

Schon so lang unterwegs
Mein Kopf will immer nur weiter
Mein Herz sagt, dass ich
Zuhause vermiss'
Wo auch immer das ist
Wann halt' ich an und hör' auf wegzulaufen?
Weil ich Zuhause vermiss'
Wo auch immer das ist

Bin den größten Teil bis hierher gerannt und
Wär gern irgendwann der Junge, der ankommt
Es wird mir klar sein, wenn ich da bin irgend-
wann und bis dann

Will mein Kopf immer weiter
Mein Herz sagt, dass ich
Zuhause vermiss'
Wo auch immer das ist
Wann halt' ich an und hör' auf wegzulaufen?
Wenn ich Zuhause vermiss'
Wo auch immer das ist

Mein Kopf will immer nur weiter
Mein Herz sagt, dass ich
Zuhause vermiss'
Wo auch immer das ist
Wann halt' ich an und hör' auf wegzulaufen?
Weil ich Zuhause vermiss'
Wo auch immer das ist.

Lieber Fred, lieber Nico, Liebe Daniela, liebe Verwandte und liebe Freundinnen und Freunde,

ich begrüße Sie alle bei strahlender Sonne hier an dem Ort, an dem sich Elke immer ganz besonders wohl fühlte: in ihrem Garten!

Genau so wollte sie es:

Dass alle ihre Lieblingsmenschen nach ihrem Tod noch einmal zusammenkommen – weil sie Ihnen noch etwas zu sagen hat.

Es ist kein gewöhnliches Gartenfest – es ist auch keine Trauerfeier, es ist eine traurige Feier – mit einem Lächeln im Gesicht.

Bereits am 11. April ist Elkes Sonne des Lebens, nach langer Krankheit, untergegangen
Jetzt ist sie zu Hause – wo auch immer das ist.
Was war das für eine besondere und extreme Zeit.

Sechs lange Jahre bot die tapfere Frau ihrer Krankheit die Stirn – immer wieder Hoffen und Bangen - ein ständiges Auf und Ab der Gefühle – nicht nur für sie selbst, sondern auch für Sie beide, lieber Fred und lieber Nico.

Mit ihrem starken Willen und einer beispiellosen Kraft sorgte Elke konsequent und verantwortungsvoll für die Zeit vor, die auf ihre beiden Lieben zukommen würde, wenn sie bereits auf der anderen Seite - im Niemandsland - angekommen wäre.

Wie gut, dass Sie drei im Januar noch einmal einen gemeinsamen Urlaub auf der Insel Lanzarote verbracht haben.
Ja – auch unser Leben ist wie eine lange Reise - allerdings mit unbekanntem Ziel - und wenn wir ganz ehrlich zu uns sind, dann wollen wir uns mit diesem Ziel auch gar nicht so sehr beschäftigen, sondern vielmehr den Weg dorthin bewusst erleben und natürlich auch genießen.

So eine lange Reise kann so viele wunderbare Momente und schöne Erlebnisse für uns bereithalten, doch gibt es, wie wir alle immer wieder erfahren müssen, natürlich auch Momente, die weniger schön, die schwer sind.
Das sind Baustellen, Hindernisse und Umleitungen, die zu einer Lebensreise auch dazugehören können.

Doch dann liegt es zu einem ganz großen Teil an uns selbst, ob wir diese Hindernisse überhaupt als solche wahrnehmen, wir sie sogar als eine Herausforderung annehmen und was wir letztendlich bereit sind, für die Verwirklichung unserer Lebensträume und Ziele zu tun.

Das Besondere an jeder Reise ist, dass man durch sie um viele, neue Erfahrungen reicher wird und genau dadurch wird unser Leben so, wie wir es auch sind: einzigartig!

Endet eine Reise so früh wie bei Elke, dann ist es unfassbar schwer, diesen geliebten Menschen für immer verabschieden und loslassen zu müssen. Wie schwer mag es auch für Sie, die Eltern, sein, dass ihr Kind vor Ihnen die Erde verlassen hat?
Ja – was war sie eigentlich für ein Kind – die Elke?

Geboren am 3. Dezember 1972 in Schwerin– aufgewachsen ist sie mit ihrer jüngeren Schwester Daniela - mit der sie sich zeitlebens bestens verstanden hat.

Die Schule schloss Elke als „Kaufmännische Angestellte" ab.
Nach der Wende ging sie zusammen mit ihrer Freundin Melanie nach Frankfurt am Main. Hier arbeiteten die beiden Freundinnen zunächst in der Verpackungsproduktion und ab dem Jahr 2000 bei einem großen Bekleidungshersteller als Verkäuferinnen.

Freundin Melanie war es auch, die ein wenig Glücksfee spielte und ein „Date" mit Fred und Elke eingefädelt hatte.
Im September 2007 gaben Sie beide sich, lieber Fred, das gegenseitige Eheversprechen. Im Jahr 2009 wurde Ihr gemeinsamer Sohn Nico geboren.

Von ihm weiß ich, dass Elke eine weiche und warmherzige Kuschel-Mutter war, die ihren Liebling jeden Abend mit einer Gute-Nacht-Geschichte ins Bett brachte.
Ihrem Fredi hielt sie immer den Rücken frei und kümmerte sich um sämtliche, familiäre Termine.
Zu Nicos 10. Geburtstag gestaltete sie mit viel Liebe zum Detail die Einladungskarten für seine Gäste und legte ihm ein Fotobuch mit selbst gestalteten Zeichnungen an.

Nico verriet mir, dass Mama eine gute Köchin war. Ihre leckeren chinesischen Tütennudeln bleiben jedenfalls unvergessen.

Elke war eine absolut kreative Frau:
Sie schneiderte Taschen und Kleider, sie häkelte und bastelte wie eine Weltmeisterin.
Auch bei der Gartengestaltung ließen Sie, lieber Fred, Ihrer Elke immer freie Hand und so setzte sie ihre Ideen in die Tat um.

In früheren Jahren war sie eine begeisterte Tänzerin mit einem großen Faible für Country-Musik. Gelesen hat sie am liebsten Krimis, Romane und „Herz-Schmerz"-Literatur.

Wenn wir heute an Elke denken, dann werden ganz unterschiedliche Erinnerungen geweckt: Es sind die Erinnerungen an eine durch und durch liebenswerte, humorvolle, lustige und lebendige Frau, eine stolze

Frau mit einem starken Willen, patent, bestens strukturiert und organisiert.

Wie sagten Sie so schön bei unserem Gespräch, lieber Fred:

„Elke legte den Ball auf den Elfmeterpunkt – und man musste ihn nur noch ins Tor schießen."

Liebe Gäste:
Wie wichtig jeder Einzelne von Ihnen in Elkes Leben war, das sagt die Gästeliste aus, die sie für heute aufgestellt hat.

Sie hat darüber hinaus auch verfügt, dass heute ihr Dank an all ihre Lieblingsmenschen zum Ausdruck kommen soll.

So werde ich jetzt Elkes Gedanken eine Stimme geben:

An erster Stelle ihrer Aufzeichnungen steht:
„Fred, die Liebe meines Lebens:

- Du hast immer zu mir gestanden – auch in den schwersten Zeiten
- Ich konnte mich immer auf dich verlassen
- Ich weiß genau, wie sehr du gelitten hast und trotzdem stark geblieben bist.
  Dafür danke ich dir am meisten!

- Danke für die wunderschöne Zeit, die wir gemeinsam hatten, z. B. die Reisen, die Geburt unseres Sohnes, das Campen, neue Freunde kennen lernen
Danke einfach für ALLES, was unser gemeinsames Leben ausgemacht hat.

Geliebter Nico,

- Du bist unser absolutes Wunschkind und wir haben lange dafür gekämpft, dich zu bekommen. Uns hätte nichts Besseres passieren können.
- Du hast eine Stärke, die du noch nicht erkannt hast, die dich soo besonders macht und dich durchs Leben führen wird.
- Wir wünschen uns, dass du das Beste aus deinem Leben machst – egal was! Wir werden stolz auf dich sein.
- Du hast mich in meiner schweren Zeit so lieb unterstützt – mir sooo viel Kraft gegeben.
- Ich sehe so viel von mir in dir, dass ich weiß: Du wirst deinen Weg gehen!
- Denke immer an die schöne Zeit die wir hatten, sei es das Kuscheln im Bett oder auch die Kart-Veranstaltungen und die gemeinsamen Urlaube, die Besuche bei Freunden, Kinobesuche, einfach nur mal liebevoll zusammen sein.

- Niemand hat Schuld an meiner Krankheit – keiner konnte sie verhindern.
- Du wirst immer in meinem Herzen sein, über alle Grenzen hinaus
- Ich bin und ich bleibe dein Schutzengel – auch von oben!

Liebe Eltern:

- Ich danke Euch für ALLES, was ihr für mich getan habt!
- Ihr wart immer für mich da - lehrtet mich die wichtigsten Regeln des Lebens.
- Durch Euer Vertrauen, das ihr in mich gesetzt habt, gabt ihr mir viel Freiheit.

Liebe Freunde:

- Ich danke meiner Freundin Melanie und allen Freunden für die schöne gemeinsame Zeit – für die Hilfe in schweren Zeiten, für euer offenes Ohr für mich, für Fred und auch für Nico.
- Ich hoffe, dass meine Beiden auch weiterhin auf eure Freundschaft zählen können.

Soweit Elkes Worte.

In diesem Sinne bewahren Sie Elke in Ihren Herzen. Bleiben Sie gesund und leben Sie Ihre verbleibende

Zeit in dem Bewusstsein, dass jeder Augenblick im Leben ein neuer Aufbruch ist, ein Ende und ein Anfang, ein Zusammenlaufen der Fäden und wieder Auseinandergehen.

Meine letzten Worte sind aus einem Lied von Karel Gott:

Fang das Licht von einem Tag voll Sonnenschein.
Halt es fest, schließ' es in Deinem Herzen ein.
Heb' es auf.

Und wenn du einmal traurig bist,
dann vergiss nicht, dass jemand da ist, der dich
liebt.

Erheben wir nun unser Glas auf eine wunderbare Frau, auf Elke, die sich das Schlusslied „Ich wünsch' dir" von Sarah Connor für Sie alle ausgesucht hat.

Manchmal ist weniger mehr

Heute ist ein ganz merkwürdiger Tag. Ich bin auf dem Weg zur Friedhofskapelle und habe ein Gefühl in mir, das mir bisher fremd blieb: Ich bin nämlich kein bisschen aufgeregt. Dabei weiß ich doch, dass etwas Lampenfieber für die Energie beim Vortragen notwendig ist. Was ist los mit dir, Hildegard?

Wird das Gestalten von Trauerfeiern für mich mittlerweile zur Routine? Ich hatte mir irgendwann einmal ganz fest vorgenommen, dass ich diese besondere Arbeit nur so lange machen werde, wie sie mich berührt.

Auf der langen Fahrt gehen mir viele, schöne Trauertexte durch den Kopf, die ich natürlich alle auswendig, vorwärts und rückwärts aufsagen kann. Mittlerweile verfüge ich über ein beachtliches Repertoire mit hunderten von Gedichten, die ich ganz individuell, auf den jeweiligen Trauerfall bezogen, auswähle.

Doch: Irgendetwas ist heute anders als sonst, dabei sollte ich mich eigentlich freuen. Das Besondere an der Trauerfeier heute wird nämlich sein, dass während der gesamten Zeit das Werk „die

Moldau" von Friedrich Smetana zu hören sein wird. Irgendwann ist mir diese Idee gekommen – doch wirklich live ausprobiert habe ich das bis heute noch nicht. Um Punkt elf Uhr werden wir mit dem Werk beginnen. Es wird die ganze Zeit über, während ich spreche, im Hintergrund zu hören sein.

Bei der kurzen Probe zu Hause kam es zeitlich genau hin. Wenn es auch heute klappen würde, wäre das einfach wunderbar.

Das Leben von Wolfgang K. hat mit dem Verlauf der Moldau vieles gemein:

Es gab sehr viele Höhen und Tiefen in seinem Leben, Verzweigungen und Vereinigungen. Über all das möchte heute, bei seiner Trauerfeier, keiner mehr etwas hören. Ich bin sehr dankbar dafür, dass mich seine Ehefrau bei unserem Gespräch ins Bild gesetzt hatte.

Wolfgang lebte in zwei Welten.

Jahrzehnte lang hatte er zwei feste Partnerschaften und mit jeder der beiden Partnerinnen jeweils zwei Kinder. Nebenbei erlaubte er sich immer auch wieder ein paar kleine Seitensprünge, aus denen, wie sich erst jetzt nach seinem Tod herausstellte, noch einmal drei uneheliche Kinder hervorgingen.

Mit seinen beiden Frauen führte er jeweils ein komplett eigenständiges Leben. Frau K. bestand 1974 darauf, seine Ehefrau zu werden. Wie gut!

Natürlich wussten die Frauen jeweils von der Existenz der Anderen und genau das machte die Situation keineswegs leichter.

Bei meinem Gespräch mit der „echten" Witwe erfuhr ich von noch mindestens einem unehelichen Kind mit einer damals knapp Zwanzigjährigen.

Die vielen verschiedenen Partnerschaften, die Wolfgang pflegte, seine zum heutigen Zeitpunkt vermuteten acht Kinder, von denen sich die meisten untereinander gar nicht kennen, machen mir das Schreiben einer Trauerrede nicht gerade leicht.

Was soll gesagt werden, was nicht? Wieviel weiß die „echte" Witwe über ihren Mann? Würde es peinlich werden, wenn andere Partnerinnen bei der Trauerfeier auftauchen?

Wir entschieden uns dazu, dem Thema mit den vielen „Unbekannten" komplett aus dem Weg zu gehen und eine auf das Wesentliche reduzierte und dennoch würdevolle Trauerfeier für Wolfgang zu gestalten.

Und tatsächlich:

Ich betrete die noch leere Trauerhalle und sehe: Es liegen keine Blumenkränze vor dem Sarg, keine Gestecke in Herzform, keine beschrifteten Schleifen.

Der Bestatter hat sich bei der Auswahl seiner Dekoration auch auf das Wesentliche beschränkt und zwei Gläser mit je zwei Kerzen sowie einen Notenständer mit einem Foto aufgestellt. Nicht mehr und auch nicht weniger. Gut so!

Ich finde es schlicht, ehrlich und sehr stimmig. Genau so hatte es sich Frau K. gewünscht.

Ich lasse in meiner Rede viel Raum für Ruhe – fordere die Trauergemeinde auf, in die Stille zu gehen und mit Wolfgang in Kontakt zu treten – ihm zu verzeihen, wenn es etwas zu verzeihen gibt oder ihn um Verzeihung bitten, wenn jemand das Bedürfnis hat.

Es fließen keine Tränen. Dafür fließt seit etwa zwanzig Minuten die Moldau so manch einen Kilometer und begleitet die etwa 30 Trauergäste ausdrucksstark, sowohl wild und lebendig als auch leise und verletzlich auf ihrer Abschiedsreise.

Familienbande

Die Familie ist um den großen runden Tisch versammelt, die Eltern, drei Brüder, drei dazugehörige Ehefrauen und zwei Nachbarinnen. Anlass ist die Gestaltung der Trauerfeier für den bereits vor drei Wochen verstorbenen Herbert M.

Mit seinen 51 Jahren hat er sich das Leben genommen: suizidiert, erhängt in seiner kleinen Doppelhaushälfte in Ockstadt. Dreizehn Tage und Nächte hing er dort, bis er von seiner Mutter gefunden wurde. Was für eine Dramatik. Weitere Einzelheiten möchte ich mir nicht vorstellen und versuche, mich krampfhaft abzulenken, während Frau M. immer noch das Bild beschreibt, das sie vom Fundort vor ihrem geistigen Auge abgespeichert hat. Ich suche, wie ich es früher in der Kirche schon gerne getan habe, nach einem Wort, das ich jetzt in Gedanken rückwärts sprechen könnte. Ich bleibe an dem Wort „Doppelhaushälfte" hängen und denke über die Betonung nach:
Et-fläh-su-ahleppod oder Etflähsu- ah -leppod.

M.´s Nachbarin hatte beobachtet, dass Herbert abends seine Rollläden nicht mehr heruntergelassen hatte.

„Die Kripo hat ermittelt und ihn erst gestern freigegeben", sagt M.s Mutter mit brüchiger Stimme.

„Was gibt es da überhaupt zu ermitteln?", frage ich mich. Ein Mensch hängt an einem Strick, eine dreistufige Trittleiter liegt umgekippt auf dem Boden. Da bleibt für mich doch nur die Frage nach dem „warum" offen. Die Familie wirkt gefasst und macht einen harmonischen Eindruck. Ich erfahre, dass es einen sehr guten Zusammenhalt innerhalb der Familie gibt. "Für uns alle steht die Familie immer an erster Stelle", sagt einer der drei Brüder.

In mir, einem äußerst harmoniebedürftigen Menschen, kommen, möglicherweise völlig ungerechtfertigt, Zweifel auf. Ich frage mich „Warum wurde Herberts Tod erst nach dreizehn Tagen bemerkt? Wohnen doch seine Eltern und ein Bruder fußläufig nur etwa fünf Minuten von ihm entfernt."

Wenn sich Martha oder Anna-Maria nur zwei Tage hintereinander nicht bei mir melden, bin ich bereits beunruhigt. Und wir wohnen immerhin mehrere hundert Kilometer voneinander entfernt.

Wir gehen rasch zur Planung der Trauerfeier über. Einer der Brüder hat Herberts CD-Sammlung studiert und bereits einige Titel herausgesucht.
Alle sind sich einig, dass der Suizid bei der Trauerfeier offen angesprochen werden soll.

„Sie müssen nichts vertuschen, nichts schönreden",
sagt Herberts Mutter. „Es weiß sowieso jeder über den
tragischen Vorfall Bescheid. Auch seine Kollegen
wurden von uns darüber informiert."

Ich frage nach Herberts Kindern und danach, wie
seine geschiedene Ehefrau den Zwillingen Paula und
Erik diese unfassbare Tragödie überhaupt vermittelt
hat. Herberts Vater sagt, dass die beiden 15-jährigen
Kinder aus der Sicht ihrer Mutter, die Wahrheit nicht
erfahren dürfen. Sie hat ihnen erzählt, dass ihr Vater
krank gewesen und sanft und friedlich eingeschlafen
sei.
Er fährt fort:
„Wir finden das falsch. Das darf sie nicht so machen.
Sie ist an allem Schuld. Sie ist Schuld, dass sich unser
Sohn das Leben genommen hat. Sie ganz alleine.
Das Verhältnis zu unserer ehemaligen Schwieger-
tochter war nie gut, sie passte einfach nicht in unsere
Familie. Sie müssen wissen: Zuza ist Philippinin und
war von Anfang an immer nur auf das Geld meines
Sohnes aus. Das ist auch der Grund dafür, dass wir
sofort nach Herberts Tod alle Wertgegenstände aus
dem Haus geholt haben. Da er alleine lebte, wollten
wir auch sofort von unserer Kontovollmacht Ge-
brauch machen und all seine Konten auflösen. Doch
dazu hätten wir den Erbschein gebraucht. Den haben
wir noch nicht.

Die alleinigen Erben sind unsere beiden Enkelkinder.
Als wir sie zuletzt gesehen haben, waren sie fünf Jahre

alt. Unser Sohn hat seine Kinder auch jahrelang schon nicht mehr gesehen. Er durfte sie nicht sehen.

Das hat alles diese Frau verhindert. Und jetzt sollen die etwa alles erben? Unser Sohn hatte ein sehr gutes Einkommen. Es geht doch nicht, dass das alles jetzt diese Zuza bekommen soll? Sie würde es sowieso nicht für die Kinder aufbewahren, bis sie volljährig sind. Das ist doch völlig klar."

Klar wird mir jedenfalls, dass es das ist, was die Familie unter einem guten Zusammenhalt versteht: Alle gegen Eine.

Herberts Kinder sollen erstens nicht die Wahrheit über seinen Tod erfahren und zweitens leer ausgehen.

Ich befinde mich in einer beklemmenden Situation und werde zur Mitwisserin eines unüberschaubaren Lügenkonstrukts.

Darf es denn sein, dass 15-jährigen Kindern die Wahrheit über den Tod des Vaters verschwiegen wird? Ist es aus psychologischer Sicht vielleicht sogar besser so? Gibt es überhaupt ein „richtig" oder „falsch"?

Mit diesen Fragen im Kopf setze ich mich in mein Auto und fahre nach Hause.

Als Mutter einer mittlerweile erwachsenen Tochter würde ich meinem 15-jährigen Kind grundsätzlich die Wahrheit sagen – auch vor dem Hintergrund, dass diese nur schwer zu ertragen ist. Es ist natürlich eine Frage, wie behutsam und sorgfältig ich meine Worte auswähle und wann genau der richtige Moment für diese Worte gekommen ist.

In meiner Eigenschaft als Trauerrednerin stellt sich nun die Frage, welche Worte ich bei der Trauerfeier für Herbert Mahlzahn wählen werde. Ich muss die Entscheidung von Zuza akzeptieren, vor den Kindern nicht über den Suizid zu sprechen, obgleich Herberts Eltern und Geschwister meine Auftraggeber sind.

Bis jetzt habe ich noch absolut keine Ahnung, was genau ich sagen werde. Es sind noch drei Tage bis zur Trauerfeier.
Es ist überhaupt nicht meine Art und entspricht nicht meinen Grundsätzen, dass ich um ein Thema, in diesem Falle um die Wahrheit, herumrede. Etwas Schön reden, das nicht schön ist, will ich nicht. Für mich gibt es immer nur einen Weg: Die Dinge beim Namen zu nennen.

Ich habe mich trotzdem anders entschieden, denn es geht nicht um mich, sondern um den Wunsch der Angehörigen. Nach langen Überlegungen habe ich mich entschlossen, von einer Gemütskrankheit zu sprechen, die Herbert in den Tod trieb.

Es ist Samstag. Ich stehe auf der Empore der Friedhofskapelle und schaue von oben zu, wie sich die Trauerhalle allmählich füllt.

Mein Blick fällt auf die Zwillinge, rechts und links neben der Mutter in der zweiten Reihe. Das verdeutlicht mir, dass sie tatsächlich nicht wirklich zur Familie gehören – Oma und Opa der beiden sind also nur schräg von hinten zu sehen. Blickkontakt ist nicht möglich.

Die Glocken beginnen zu läuten – für mich ein Zeichen, nach unten zu gehen. Während meiner Rede wandert mein Blick immer wieder in die zweite Reihe. Ich sehe tieftraurige Gesichter und auch in mir kommt Trauer auf. Sie belegt meine Stimme und behindert für ein paar Sekunden mein Sprechen.

Irgendwie geht diese Trauerfeier vorüber wie alle anderen auch – und doch ist gerade diese ganz anders.

Wie werden Paula und Erik reagieren, wenn sie irgendwann die Wahrheit über den Tod ihres Vaters erfahren werden? Wie werden sie mit einem so großen Familiengeheimnis leben können?

Zu Hause angekommen fühle ich mich niedergeschlagen. Die Familie kann man sich nicht aussuchen, denke ich.

Sprachverwirrung

Der Tag fängt gut an heute. Beim letzten Durchlesen der Rede für die lebensbejahende Claudia P., die ich in einer Stunde halten werde, stelle ich fest, dass ich vergessen habe, ein mit der Familie vereinbartes Zitat von Laotse, des chinesischen Philosophen aus dem 6. Jahrhundert v. Chr., aufzunehmen.

Ich flitze schnell zu meinem Computer, suche im Internet danach und informiere mich noch rasch darüber, wie man den Namen dieses Mannes ausspricht, auf welcher Silbe die Betonung liegt. So richtig hilfreich ist mir Google dabei nicht, denn es gibt verschiedene Aussprachen, genauer gesagt vier: „Laotse", „Lao-Tse", „Laudse" oder „Lao-tzu". Mir läuft die Zeit weg. Da ich mich entscheiden muss, tippe ich in die Suchmaschine die Worte: „Aussprache Laotse" und beschließe zeitgleich, dass ich die erste Antwort nehmen werde, die mir angeboten wird. Prompt erhalte sie mit klarer Stimme: „Latzhose". Keine allzu gute Idee denke ich und entscheide mich für „ein chinesischer Philosoph".

An solchen Tagen kann es mir passieren, dass ich mir stundenlang das Schmunzeln nicht verkneifen kann.

Das Google–Ergebnis ist das gleiche Phänomen wie beim Singen des Liedes „Der Mond ist aufgegangen."

Seit ich das Buch „Der weiße Neger Wumbaba" von Axel Hacke gelesen habe, fällt es mir schwer, die Zeile „der weiße Nebel wunderbar" überhaupt noch zu singen, ohne dass mir die Stimme vor Lachen wegbricht. Das kleine Handbuch gibt auf humoristische Weise Verhörer verschiedener Liedtexte wieder, ist einfach „wumbaba" und trifft genau meinen Humor.

Ich gebe es zu: Ich lache und amüsiere mich gerne über Versprecher oder verbale Fehlleistungen anderer, obwohl ich schon als Kind gelernt habe, dass sich so etwas nicht gehört.
Die schönsten Versprecher notiere ich mir dennoch immer gleich in meinem Tagebuch. Hier eine kleine Auswahl:

Mehr ist Weniger (Auswahl der Dekoration)

Heute spült Frau Grothe die Querflöte.

Das erste Lied heute wird „Stevia to heaven" sein.

Ich habe keine Ahnung, wo man hier die Glocke anstellen kann – ich stehe voll vor'm Schlauch.

Als Musikstück haben sich die Angehörigen für einen brasilianischen Tanga entschieden.

Wenn Sie noch etwas Zeit haben, können wir gerne noch gemeinsam einen Abstrich bei den Angehörigen im Café Engel machen.

Versprecher ist nicht gleich Versprecher: Halten Angehörige eine Ansprache über ihren Verstorbenen, ist das ein sehr emotionaler Moment für alle Anwesenden. Dabei ist es mehr als verständlich, dass hier die Gefahr des Sich-Versprechens um ein Vielfaches höher liegt, als in einer weniger emotionalen Situation und es versteht sich von selbst, darüber hinwegzuhören.

Lustig war aber, als ein Bestatter über eine Verstorbene, die er persönlich kannte, folgende Worte fand: „Frau Altmeier war eine unglaublich beeindruckende Frau. Ich habe mir immer gedacht, sie solle mal ihren Hut nehmen." Vor dieser famosen Formulierung kann man nur den Hut ziehen.
Ich nehme jetzt allerdings nicht meinen Hut, sondern meine Mappe mit der Rede und flitze zur Kapelle. Für meine Verhältnisse bin ich schon viel zu spät dran. Nur noch 24 Minuten bis zum Start.

Als das erste Lied „Ich liebe das Leben" von Vicky Leandros erklingt, frage ich mich, ob der Witwer es nur aufgrund des Titels ausgewählt hat. Wusste er nicht, dass der Liedtext von einer Frau handelt, die von ihrem Mann betrogen wurde und froh darüber ist, endlich frei zu sein? Oder hat er es ganz bewusst gerade deshalb ausgewählt? Ich will heute ausnahmsweise nicht so streng sein und denke mir, dass man es auch großzügig interpretieren kann.

Mit meinem Perfektionsanspruch werde ich ständig konfrontiert. Dabei bin ich in Wahrheit der Meinung: Perfektion ist langweilig und im Grunde möchte ich auch nicht perfekt, sondern nur gut sein. Überhaupt ist doch das Wichtigste in meinem Beruf, den Trauernden das gute Gefühl zu geben: „Hier werden Sie geholfen".

Na, dann Prost

Überraschungen gibt es glücklicherweise immer wieder im Leben und ja, auch bei Trauerfeiern.

An einem warmen Sommertag fahre ich in eine benachbarte Kleinstadt. Hier findet heute die Trauerfeier in einem Bestattungshaus statt. Immer mehr Bestatter haben eigene Trauerhallen. Dies hat für die Trauernden den Vorteil, dass sie in einem meist schöneren, persönlicheren und in den Wintermonaten wärmeren Ambiente als einer Friedhofskapelle Abschied nehmen können.

Für die Benutzung einer Friedhofskapelle müssen Angehörige mehrere Hundert Euro bezahlen. Mittlerweile ist für viele Trauernde die Trauerhalle eines Bestattungsinstituts auch ein Kriterium, nach dem sie ihren Bestatter auswählen. Davon profitiert auch der Bestatter in einer hart umkämpften Branche.

An der Trauerhalle von Bestatter V. angekommen, traue ich meinen Augen nicht:
An der Eingangstür steht der Chef des Hauses in Shorts und Hawaihemd. „Kann mich bitte jemand schütteln, damit ich sicher sein kann, dass ich nicht träume?" Die

Eingangstür ist mit Sonnenblumen umrandet, der Weg nach vorne zur Urne rechts und links mit bunten Blütenblättern markiert.

Auf einer Bierkiste mit der Aufschrift „Barrebräu" steht die Urne von Heinz S., neben der Urne vier Klapphocker, wie man sie vom Camping kennt, und über der Lehne eines Holz-Klapp-Liegestuhls liegt ein T-Shirt mit der Aufschrift „Klug war's nicht, aber geil".

Statt der sonst üblichen Kerzen stehen unzählige Bierflaschen in Form eines Herzens um das Arrangement herum.

Jetzt kommt Heide, die Ehefrau des Bestatters, im Trägerkleid und Flipflops in die Trauerhalle. Ich vermute, dass mein Entsetzen in meiner Frage „Was ist das denn hier heute für eine Gaudi?" unmissverständlich zum Ausdruck gekommen ist.

Doch: Hätte ich das alles nicht schon ahnen können?

Etwa zwei Monate zuvor wurde ich zu Herrn S. in das Hospiz St. Annen gerufen. Er wollte seine Trauerfeier mit mir besprechen. Durch seine Erkrankung an Bauchspeicheldrüsenkrebs konnte er sicher sein, dass seine Lebenszeit in ein paar Wochen ablaufen würde.

Ich erinnere mich, dass das Gespräch – untypischerweise - sehr fröhlich und locker ablief. Bestatter V. war auch anwesend, die beiden waren dicke Freunde seit der Schulzeit. Über Jahrzehnte haben die beiden

Familien gemeinsam Campingurlaube gemacht. Dabei wurde immer gerne und viel getrunken. Ich erinnere mich auch daran dass Herr S. sagte: „Wir haben unser Leben zu einem Fest gemacht und nichts ausgelassen."

Während des Gesprächs hatte ich mir kaum Notizen gemacht, da mir klar signalisiert wurde, Herr S. würde keinen Wert darauflegen, dass über seine beruflichen Stationen berichtet würde. Ich notierte mir nur, dass er von Beruf Maler war und unzählige Arbeitgeber hatte. Nirgendwo hielt er es lange aus.

Im Herausgehen gab mir Herr S. mit auf den Weg, bei seiner Trauerfeier auf keinen Fall in schwarzer Kleidung zu erscheinen. Er wünsche sich ein buntes und sommerliches Outfit.

Dass ich das generell nicht mache, behielt ich für mich. Einen bunten Schal halte ich in so einem Fall für angemessen. Und so erschien ich, im schwarzen Hosenanzug mit einem pinkfarbenen Seidentuch. Natürlich war ich overdressed und fühlte mich im ersten Moment auch richtig unwohl.

Nach dem letzten Musiktitel „Life is Life" von der Gruppe Opus fuhren wir im Konvoi zum Friedhof. Als die Urne beigesetzt war, verteilte Bestatter V. die mitgebrachten Bierflaschen aus der Kapelle. Kurz darauf ploppten die Henkelverschlüsse.
Na dann Prost!

Löwenmutig und stark

„Wenn ich nicht mehr in der Lage sein sollte, selbstbestimmt zu leben, werde ich mein Leben in Würde beenden."

Dieser Satz könnte von mir stammen, doch er ist von Brigitte H. Wir sitzen an einem stilvoll gedeckten Kaffeetisch in ihrer Altstadtvilla und essen ihren selbst gebackenen (Lieblingskuchen) Kirschkuchen mit dunkler Schokolade, ihr Lieblingskuchen.

Neben meinem Teller liegt ein kleines, liebevoll verpacktes Geschenk. „Für mich?", frage ich. „Ja, ich mache diesen Tag heute zu einem Feiertag und an Feiertagen gibt es Geschenke", antwortet Brigitte überzeugt.

Die Begegnung mit Brigitte war für mich eine wirklich ganz besondere. Sie suchte mich ein Jahr zuvor in meiner Eigenschaft als Sprech- und Stimmcoach in meinem Institut auf und legte großen Wert darauf, dass dieser Termin außerhalb der offiziellen Sprechzeit stattfand. Ihr Auto parkte sie auf dem Nachbargrundstück, denn niemand aus ihrer Firma sollte von diesem Termin erfahren.

Brigitte ist Vorstandsvorsitzende eines Unternehmens mit über sechstausend Mitarbeitern. Sie ist eine sehr imposante Persönlichkeit: 58 Jahre alt, mittelgroß, sehr attraktiv, tiefbraune Augen und dunkelbraun gefärbtes Haar. Ihr Kleidungsstil passt perfekt zu ihr, klassisch und - wie es aussieht - sehr teuer. Ihren Louis-Vuitton-Shopper stellt sie neben sich auf den Fußboden.

Seit ein paar Monaten hat sie unklare Sprachstörungen, die für mich allerdings zu diesem Zeitpunkt kaum wahrnehmbar sind. Sie nuschelt minimal und gibt an, dass Ihre Vorstandskollegen sie bereits mehrfach gefragt haben, ob sie Alkohol getrunken habe.

Brigitte ist eine starke Frau, eine strahlende Persönlichkeit und absolut kein Mensch, der Schwächen zugibt.

Doch im Laufe der nächsten beiden Sitzungen berichtet sie mir, dass sie auch beim Gehen unsicher geworden sei, dass sie schnell ermüde und ihre Unterschriften in den Dokumenten klein und unleserlich seien.

Ich denke sofort an die Krankheit „Morbus Parkinson" und frage sie, ob bereits eine Diagnose gestellt wurde.

„Niemand darf davon erfahren, auch mein Sohn nicht", sagt sie mit heiserer Stimme. „Ja, diese Krankheit wurde vor drei Wochen diagnostiziert und ich habe offensichtlich auch noch eine ziemlich rasch fortschreitende Form." Brigitte fährt fort, dass sie so lange es ihr möglich ist arbeiten will, am liebsten bis zu ihrem 60. Geburtstag.

Wir beide haben schnell einen Draht zueinander gefunden und bei Brigittes drittem Besuch im Institut schenkt sie mir ein traumhaft schönes Seidentuch. Normalerweise ist es kaum möglich, mir eine Freude mit einem Kleidungsstück oder einem Accessoire zu machen, da bei mir alle Kleidungsstücke genau aufeinander abgestimmt sind. Das Seidentuch von Brigitte ist ein Volltreffer. Sie hat ein Auge dafür. Wofür???

Wir treffen uns einmal in der Woche, reden viel und machen gemeinsam Sprach– und Stimmübungen. Es ist wirklich beängstigend, wie rasch sich die körperlichen und sprachlichen Symptome bei Brigitte verschlechtern. Monat für Monat geht es ihr schlechter und es macht mir Sorgen, dass sie mich immer noch mit ihrem Geschäftswagen besucht. Sie ist mittlerweile soweit, dass sie ihren Kollegen die Wahrheit gesagt hat.

Bei jedem ihrer Besuche muss ich noch genauer hinhören, um zu verstehen, was sie mir sagen will. Ihre Aussprache wird immer undeutlicher, Brigitte spricht von Mal zu Mal schneller und ihre Stimme klingt kraftlos und verhaucht.

Es ist mittlerweile Juli, ich kenne Brigitte nun schon ein halbes Jahr. Sie hat sich verändert, ihre lockere Art, ihre Mimik. Auch 4 Zähne hat sie inzwischen verloren.

Ihr Hausarzt erklärt ihr, dass dies wohl eine bekannte Nebenwirkung der Medikamente sei, die sie einnehmen muss. Es sind über 20 Tabletten, die sie täglich schluckt. Das Problem ist, dass ihr das Schlucken mittlerweile auch erhebliche Schwierigkeiten bereitet. Brigitte hat stark abgenommen.

Selten habe ich bei meinen Klienten so mitgefühlt wie bei ihr. Jede Begegnung mit ihr macht mich ein Stück trauriger. Dabei kann ich das sehr gut nachvollziehen:

Ich bin auch kein Mensch, der gerne über seine Schwächen spricht. Ich überspiele gerne oder lenke von meinen Wehwehchen ab, um sie nicht zum Thema machen zu müssen. Genau wie Brigitte. Doch bei ihr werden die Einschränkungen immer offensichtlicher. Sie kann sie nicht mehr leugnen.

Brigitte bittet mich für unser Training zukünftig zu ihr nach Hause zu kommen, da sie kein Auto mehr fahren möchte. Sie ist auf unbestimmte Zeit krankgeschrieben und hat ihren Dienstwagen abgegeben. Wie gut!

Wir schreiben den 5. August und ich stehe vor Brigittes Haustür. Sie eröffnet mir, dass sie ab sofort keine Übungen mehr machen möchte. Stattdessen wünscht sie sich mit mir zu reden, Kuchen zu essen und shoppen zu gehen.

Während sie spricht, weint sie zum ersten Mal. Sie hat längst erkannt, dass regelmäßige Übungen keine entscheidende Besserung bringen werden, lediglich eine mögliche Erleichterung beim Sprechen und Schlucken sowie das Gefühl nicht hilflos darauf zu warten, ein Pflegefall zu werden.

In diesem Moment denke ich, dass ich es genau so tun würde. Jedes Üben konfrontiert dich mit der Krankheit, deiner Schwäche und letztendlich deiner Ohnmacht dieser Krankheit gegenüber. Und so antworte ich spontan:

„Na denn los, lass uns gehen!" Brigitte wohnt einen Steinwurf entfernt von der Fußgängerzone ihrer Stadt, dennoch möchte sie, dass wir mit dem Auto fahren. Auf der kurzen Fahrt dorthin erzählt sie mir, dass sie keine Freundin hätte, mit der sie solche Einkaufsbummel machen möchte. Sie möchte keine von ihnen bitten müssen, ihr beim An- und Ausziehen in der Kabine zu helfen.

Wir steuern Brigittes Lieblingsboutique an und werden freundlich mit einem Sekt empfangen. „Heute nicht", lässt Brigitte die Verkäuferin wissen.

Brigitte sitzt auf einem Stuhl und dirigiert mich von Kleiderstange zu Kleiderstange. Unser Augenmerk liegt auf Kleidungsstücken ohne Reißverschluss und Schuhen zum Schlupfen oder mit Klettverschluss. Den kleinen Zipp eines Reißverschlusses kann sie länger schon nicht mehr greifen.

Wie glücklich sieht sie aus, als wir eingehakt und mit vollen Taschen wieder zum Auto gehen.

Diese taffe Frau beeindruckt mich zutiefst. Ihr Ziel ist es alles zu tun, um zumindest äußerlich „die Alte" zu bleiben. Stylisch und sportlich – elegant wie eh und je.

Sie macht es in meinen Augen genau richtig: Schritt für Schritt beschäftigt sie sich mit der Situation, die entsteht, wenn die Krankheit noch weiter fortschreitet.

Ein neuer Wunsch entsteht, den ich ihr gerne erfülle:

Ihr Kleiderschrank, besser gesagt ihre Kleiderschränke sollen auf- bzw. ausgeräumt werden. Es sollen nur noch Kleidungsstücke aufbewahrt werden, die sie bequem und alleine an- und ausziehen kann. Außerdem hatte sie über 10 Jahre schon nicht mehr ausgemistet. Es hat sich einfach nie (eine Notwendigkeit und) die Zeit dafür gefunden

Jetzt trete ich als Aufräumcoach in Aktion.

Brigitte sitzt auf ihrem geliebten Ohrensessel und ich leere einen Schrank nach dem anderen. Aufgeräumt und sortiert wird nach der sogenannten „Konmari-Methode", die ich hier nicht näher beschreiben möchte, da sie im Internet nachzulesen ist. Das Buch „Magic Cleaning" ist übrigens sehr zu empfehlen.

Für mich ist es die beste und effektivste Methode Ordnung und Übersicht in einen Kleiderschrank zu bringen und diese Ordnung auch langfristig halten zu können.

Brigitte ist ebenfalls begeistert und bedauert es gleichzeitig, dass ihr leider nicht mehr viel Zeit bleibt, diese neue Ordnung auch wirklich genießen zu können.

Ein tiefes Einatmen ist zu hören. Das Aufräumen ist für sie ein Befreiungsschlag. Sie genießt es, auf den großen Stapel zu schauen und sich nun auch von ihren Vintage-Schätzchen endgültig zu verabschieden.

Ich habe nicht alle aussortierten Stücke gezählt, nehme aber an, dass wir mindestens 50 Handtaschen, circa Einhundert Hosen, 60-70 Jacken und Mäntel aussortiert haben. Ganz zu schweigen von Blusen, Pullovern, Halstüchern, Gürteln, Wäsche und Vielem mehr. Brigitte hat immer sehr gerne eingekauft und dabei nie auf den Preis schauen müssen.

In den folgenden Wochen sortieren wir die einzelnen Stapel nach den Kategorien:
„Verkaufen – Verschenken - Entsorgen".

Bei meinem nächsten Besuch erzählt mir Brigitte, dass sie ihren Darm nicht mehr entleeren kann. Auch das ist eine Folge der Parkinsonerkrankung. Brigitte setzt sich täglich ein Klysma. Nein, das ist nicht alles, was ich heute erfahre, denn mittlerweile muss sie sich auch viermal am Tag katheterisieren. Ihr Hausarzt hat ihr dafür einen speziellen Pflegedienst vermittelt, den die taffe Brigitte natürlich mit den Worten „das mache ich selbst" abgelehnt hat.

An einem Montagmorgen, Mitte November, bringe ich zu meinem Besuch wieder einmal wunschgemäß weiche Rosinenbrötchen fürs Frühstück mit.

Es fällt folgender Satz:

„Glaube mir, meine liebe Hildegard: Wenn ich nicht mehr in der Lage sein sollte selbstbestimmt zu leben, werde ich mein Leben in Würde beenden. Es wird nicht mehr lange dauern.

Damit habe ich irgendwie schon gerechnet, da wir häufig über das Beenden von Leid gesprochen haben. Ich kann diesen Wunsch sehr gut nachvollziehen, doch so offen wie mit Brigitte habe ich darüber bisher noch mit niemandem gesprochen. In meinem Hospizkreis, in dem ich ehrenamtlich Trauernde begleite, ist Selbsttötung ein absolutes Tabu.

Brigitte zeigt auf einen Brief, der in einem bereits geöffneten Umschlag steckt. „Hier, lies mal", sagt sie.

Absender ist der „Verein DIGNITAS - Menschenwürdig leben - Menschenwürdig sterben". Direkt nach der Diagnosestellung nahm Brigitte Kontakt mit diesem Verein in der Schweiz auf. Er bietet seit 1997 Menschen mit unheilbarer Erkrankung und dem Wunsch nach selbstbestimmten Sterben eine Freitod-Begleitung an.

In diesem Moment wird mir klar, dass ich eingeweiht werden soll. Brigitte hat einen festen Plan und das, was ich nun in den Händen halte, ist nicht nur Prospektmaterial, sondern es sind auch Kopien des Schriftwechsels zwischen Brigitte und „Dignitas".

Seit Beginn ihrer Erkrankung schickt Brigitte ihre Arztberichte per E-mal an die dortigen Ärzte und hält sie somit über ihren Krankheitsverlauf auf dem aktuellen Stand. Das ist eine wichtige Voraussetzung für das gemeinsame Vorhaben. Die Antworten auf ihre Mails erhält sie prompt und immer sehr persönlich.

Ich lese die philosophischen Grundlagen des Vereins und überfliege die vielen Informationen über die verschiedenen Vorgehensweisen, die in Frage kommen, wenn sich ein Mensch für eine Freitodbegleitung entscheidet.

Ich frage Brigitte, wer bereits über ihr Vorhaben informiert ist. Weinend antwortet sie:

„Niklas und du - sonst niemand." Niklas ist Brigittes Sohn. Er ist 31 Jahre alt und Mediziner.

Bis Februar 2020 war die Beihilfe zur autonomen Selbsttötung (assistierter Suizid) in Deutschland gesetzlich verboten. Gemeint ist damit, dass ein Arzt oder ein Familienangehöriger einem schwerkranken Menschen ein Medikament bereitstellt, das er eigenständig einnimmt und womit seine

Selbstbestimmung bis zum Lebensende unterstützt wird. Jetzt hat der Bundestag in Deutschland dieses Verbot aufgehoben. Gott sei Dank.

Mit schießt die Frage durch den Kopf: Was ist, wenn Brigitte das Glas mit einem Medikament gar nicht mehr halten und keine Tablette mehr schlucken kann? Als könne sie meine Gedanken lesen sagt sie:

„Ich werde diese Selbsttötung durchführen solange ich es noch kann, noch in diesem Jahr."

Ich antworte geschockt und spüre, wie mir dabei das Blut ins Gesicht schießt:

„Das sind ja nur noch ein paar Wochen?"

Es ist Nikolaustag, der 6. Dezember, und Brigitte hat zum Essen eingeladen. Ihre 40 Gäste hat sie mittlerweile eingeweiht. Es ist ihre Abschiedsfeier. Am 12. Dezember wird sie in die Schweiz fahren. Ein Party-Service hat die feinsten Leckereien geliefert, doch mir will es absolut nicht schmecken.

Brigitte sitzt auf ihrem Sessel und schaut traurig in die große Runde der Menschen, die sie viele Jahre ihres Lebens begleitet haben. Sprechen kann sie mit ihnen nicht mehr, so sehr sie es auch immer wieder versucht. Brigitte ist nicht mehr zu verstehen. Sie hat alle Möglichkeiten verloren zu kommunizieren. Ihre braunen Augen strahlen nicht mehr.

Am liebsten möchte ich nur noch weinen und weiß gar nicht, was ich sagen und wie ich mich überhaupt verhalten soll. Die Stimmung ist befremdlich fröhlich, keiner der Gäste wagt es das Thema „Abschied" laut auszusprechen. Auch Brigittes Sohn Niklas ist anwesend. Was für ein angenehmer Typ, denke ich.

Er ist es, der die gezwungen lockere Atmosphäre auflöst, in dem er mit seiner kleinen Gabel an sein Glas schlägt und die Gäste bittet, ihre Unterhaltungen für einen Moment zu unterbrechen. Mit Tränen in den Augen schaut Brigitte gespannt auf das, was da folgt:

„Liebe Gäste, Freundinnen und Freunde von meiner Mama. Herzlich willkommen zu einer außergewöhnlichen Abschiedsparty. Aber Mama hat sich das genauso für heute gewünscht. Monika und ich haben es ihr möglich gemacht und alles organisiert.

Mama und ich fahren am 12. Dezember in die Schweiz. Dort wird Mama sterben. Sie möchte es so und ich werde an ihrer Seite sein. Ich habe Mama von Anfang an in ihrem Wunsch bestärkt und ihr versprochen, dass ich alles dafür tun werde, dass ihr dieser Wunsch auch erfüllt wird.

Danke, dass ihr alle gekommen seid. Ihr wart wichtige Menschen für Mama. Sie sagt euch „Danke" für alles.

Mama hat noch einen Wunsch:

Sie möchte mit jedem Einzelnen von euch noch ein paar Worte unter vier Augen sprechen. Jeder der Anwesenden soll sich dann einen Gegenstand aus ihrem Haus als Andenken mit nach Hause nehmen. Es ist egal was ihr euch aussucht. Es kann auch ein Tisch sein (Lacher).

So, jetzt habt noch einen schönen Abend. Schließlich seid ihr ja nicht zum Spaß hier."

Nach dieser Rede wird es still. Einige der Gäste verschwinden in die Nebenräume, andere stehen wie versteinert, als hätten sie soeben eine schlechte Nachricht erhalten.

Jetzt wird es ernst. Heute nehme auch ich von Brigitte Abschied. Ich glaube es würde mir leichter fallen, vor ihrer Urne Abschied zu nehmen. Was um alles in der Welt soll ich ihr in meinem Gespräch unter vier Augen sagen?

„Mach's gut"? „Bis bald"? „Du machst das schon, du bist stark"? oder soll ich ihr sagen, dass ich sie vermissen werde? Das kriege ich doch ohne zu weinen gar nicht über die Lippen. Sollte ich nicht eher dafür sorgen, dass sie lächelt? Oder ist das nur meine Angst vor dem Zusammenbruch?

Mir geht's schlecht. Ich will diese Situation nicht. Sabine, eine von Brigittes Freundinnen, hat das Haus gerade verlassen. Wie gerne täte ich das jetzt auch.

Brigitte macht es mir leicht und stammelt: „Ich habe dich lieb", und ich antworte: „Du Liebe, ich dich auch."

Dann drückt sie mir ein Päckchen in die Hand und ich muss das Versprechen ablegen, dass ich es erst nach ihrem Tod öffnen werde. Darauf liegt ein Zettel auf dem mit krakeliger Schrift geschrieben steht:

„Bitte halte die Trauerrede."

Trauerfeier für Brigitte

3 Wochen nach ihrem Tod.

Hätte ich vorher gewusst, wie schwer es ist eine Trauerrede für einen liebgewonnenen Menschen zu schreiben und auch zu halten…. ich hätte mich immer wieder dafür entschieden, denn im Nachhinein betrachtet war es ein sehr wertvoller und intensiver Rückblick auf eine kurze und innige Freundschaft.

An keinem anderen Ort dieser Welt hätte die Trauerfeier für Brigitte stattfinden können als in einem Schloss, das seit ein paar Jahren nur noch für Events unterschiedlicher Art genutzt wird.

Die Organisation der Trauerfeier überlässt Sohn Niklas Mamas Freundinnen und mir.

Ich erinnere mich noch sehr gut an den Tag an dem ich mit Brigitte vor ihrem Kleiderschrank stand und sie sagte, dass sich die Gäste auf ihrer Trauerfeier rot kleiden sollen. Das war nicht einfach nur so daher gesagt. Brigitte meinte es ernst.

Also beauftrage ich Freundin Monika, die sich für die Traueranzeigen in den verschiedenen Zeitungen verantwortlich zeigt, Brigittes Wunsch mit aufzunehmen. Normalerweise ist dies Aufgabe des Bestatters.

Gertraude, eine ehemalige Nachbarin von Brigitte und Sängerin in einer Jazzband wird das Lied „für mich soll`s rote Rosen regnen" von Hildegard Knef singen. Auch das hatte sich Brigitte schon lange so gewünscht.

Eine Skulptur im Eingangsbereich von Brigittes Haus, ein Relikt aus einer Zeit in der sie noch sehr kreativ war, blitzt plötzlich vor meinem inneren Auge auf:

Ich weiß, dass sie gerade auf diese Skulptur immer besonders stolz war. Sie nannte sie „Fluss des Lebens", ein schönes Stück Holz über das ein Fluss aus Glas rinnt.

Ich beschließe: Der „Fluss des Lebens" wird Thema meiner Trauerrede werden. Ich werde den Philosophen Heraklit zitieren, der einst das Leben als einen Fluss in ständiger Veränderung beschrieb. Wie passend.

Gut, dass nicht alle meine Trauerfeiern und Trauerreden so lange im Voraus geplant werden müssen wie Brigittes. Bereits seit einer Woche bekomme ich Sprachnachrichten der Freundinnen in Hülle und Fülle. Alle Fragen und Informationen scheinen nun doch ganz offensichtlich bei mir zusammen zu laufen. Mehrfach finden auch Besprechungen vor Ort im Schloss statt. Eine Auflistung der angemeldeten Redebeiträge liegt mir bereits vor.

Für meine Planung ist ein wichtiger Aspekt, genau darüber informiert zu sein wer spricht und vor allem worüber geredet wird. In einer üblicherweise etwa 30-40 Minuten dauernden Trauerfeier sollten Wiederholungen aus dem Lebenslauf wenn möglich vermieden werden.

Brigittes Trauerfeier wird vorbereitet wie ein Staatsbesuch – nur eine Flagge fehlt. Die ehemalige Scheune des Schlosses mit ihren rustikalen Holzbalken und dem unebenen Boden aus Pflastersteinen verwandelt sich von Tag zu Tag immer mehr in einen Festsaal.

Spätestens jetzt wird mir klar, dass Brigitte eine anerkannte und sehr beliebte Persönlichkeit war. Auf der Gästeliste stehen alle, die Rang und Namen in der Region haben: Die Größen des Business und Vertreter der Politik, die man als normaler Bürger sonst nur in der lokalen Presse zu sehen bekommt.

Nach nunmehr einer Woche ist meine Rede endlich soweit fertig geschrieben dass ich sie Niklas zur Korrektur bzw. möglichen Ergänzung vorlegen kann. Bei großen Feiern mache ich das gerne um sicher gehen zu können, dass ich keinen wichtigen Aspekt und keinen Namenvergessen habe und dass sich möglichst viele der anwesenden Wegbegleiterinnen in einem Ausschnitt der Rede auch wiederfinden können.

Nun sitze ich bei der finalen Besprechung in Brigittes Villa, 24 Stunden vor dem großen Tag, mit ihren Freundinnen am runden Tisch. Auf dem Tisch liegt ein weißes, querformatiges Fotobuch. Die Idee zu diesem Buch entstand, als Brigitte bei einem meiner Besuche wieder einmal sagte, dass sie sich mittlerweile alt, hässlich und dick findet. Ihre Haare seien so dünn geworden und sie mag sich einfach nicht mehr im Spiegel anschauen. Gerade an diesem Tag finde ich Brigitte sehr attraktiv und schieße spontan ein Foto von ihr mit meinem Handy.

„Schau dir diese tolle Frau an, das bist du".

Sofort kramte Brigitte in einer übervollen Schublade und zeigte mir Fotos, die vor Jahren von einem namhaften Fotostudio für ihre Website und einen Flyer entstanden waren. Mir kommt eine Idee:

„Brigitte, wir vereinbaren als erstes einen Termin beim Frisör und du lässt deine wenigen, dünnen Haare zu einer frechen Kurzhaarfrisur schneiden. Im Anschluss vereinbaren wir einen Termin in genau diesem Fotostudio. Du ziehst deine stylishsten, farbigsten und schönsten Kleider an und dann wirst du schon sehe...."

Ihre beneidenswerte Spontaneität hatte Brigitte bis dahin nicht verloren und - ehrlich gesagt - hatte sie ohnehin keine Zeit mehr Dinge aufzuschieben.

Keine zwei Tage später stand diese Frau, mit weißen Haaren und einem perfekten Kurzhaarschnitt im Fotostudio als Modell:

Mal elegant, mal sportlich, frech, halbnackt, sitzend, stehend, liegend und sogar auf einen Stock gestützt, mit dem sie sich bis dahin noch nie in der Öffentlichkeit gezeigt hatte. Obwohl sie mittlerweile stark von der Krankheit gezeichnet war, hatte Brigitte von ihrer Attraktivität nichts verloren.

Hier am runden Tisch blättern wir nun begeistert in den unzähligen Bildern dieser Fotosession und entscheiden, das Schönste von allen auf Brigittes Trauerkarte zu drucken.

Wir schreiben den 13. Januar und allmählich füllt sich der vom Dauerregen durchnässte, unbefestigte Parkplatz. Das ist nichts für Gäste mit Stöckelschuhen, denke ich.

Um 11.00 Uhr wird die Trauerfeier für Brigitte beginnen. Könnte sie das alles hier sehen, sie wäre begeistert:

Rote Rosen überall. Und mittendrin: Eine kirschrote Urne auf schwarzer Stehle. Meine Anspannung steigt, die Scheune ist schon prall gefüllt, es sind schätzungsweise 300 Personen gekommen.

Um eine Minute vor 11:00 Uhr wird Brigittes langjähriger Chef in einer schwarzen Limousine von seinem Chauffeur vor den Eingang gefahren.

Aus dem Nebenraum wird vom Schlossherrn - nur für ihn - ein thronähnlicher Sessel bereitgestellt, während alle anderen Gäste mit schwarzen Klappstühlen vorliebnehmen mussten.

Auch heute trage ich „ausnahmsweise" wieder schwarz, diesmal aber mit roten Stiefeletten und meiner roten Brille. An meinem Finger trage ich einen Silberring mit leuchtendrotem Kirschtopas. Dieser Ring war Brigittes Abschiedsgeschenk für mich. Heute trage ich ihn stolz zum ersten Mal.

Ausnahmslos alle Gäste haben sich an Brigittes Farbwunsch gehalten: Ihr ehemaliger Chef, der im Mittelschiff thront, lässt beim Überschlagen seiner Beine rote Socken blitzen. Der Bürgermeister der Kreisstadt hat sich eine rote Krawatte umgebunden, ein Kommunalpolitiker einen dicken, roten Schal und ein renommierter Fabrikant trägt unter seinem Sakko ein rotes Hemd.

Brigittes Freundinnen tragen rote Jacken, rote Jeans, rote Tücher, rote Mützen oder rote Handschuhe.

Auf meinem Weg durchs Mittelschiff zum Rednerpult kommt mir ein Schmunzeln ins Gesicht und spontan, wie sonst nie, ändere ich meine vorbereitete Begrüßung und sage:

„Genauso hatte sich Brigitte H. ihre Trauerfeier vorgestellt":

Alle sind gekommen und alle tragen Brigitte zuliebe etwas Rotes. Was für eine Wertschätzung. Mit einem „Danke" dafür begrüße ich Sie alle hier, zu der Trauerfeier eines außergewöhnlichen Menschen an einem außergewöhnlichen Ort.

Ich bin erstaunlich unaufgeregt und auch meine Trauer hält sich wider Erwarten sehr in Grenzen. Die Freude überwiegt, ja, ich freue mich, dass alles genauso abläuft, wie Brigitte es sich gewünscht hatte.

Es gibt sage und schreibe sieben Redebeiträge, die ich für mich als nachdenklich, unterhaltsam- fröhlich bis hin zu „hätte man den Gästen auch gut ersparen können" einstufe. Diese beispiellose Trauerfeier endet nach einer Stunde und 25 Minuten mit Gertraudes eindrucksvollem Auftritt in knallroten Stilettos. Sie singt mit viel Gefühl und brillanter Stimme:

„Für mich soll's rote Rosen regnen" Das ist der Höhepunkt dieser traurigen Feier.

...und der „Fluss des Lebens" endet in einem reißenden Strom aus den Tränen der Gäste.

Letztes Kapitel

Un bin isch gestorbe so lasst misch begrabe
un lasst mer vom Schreiner sechs Bretter abschabe
un lasst mer zwe feurische Herze druffmale:
Isch kann se bezahle.

Für mich bitte keinen Sarg mit feurigen Herzen wie in
diesem hessischen Volkslied! Den sieht sowieso keiner. Ich werde verbrannt. In der Erde würde mein Kör-
per von Würmern aufgefressen, das will ich auch
nicht. Und eine Trauerfeier, wie ich sie in meinem Be-
rufsleben bisher mehr als eintausendmal veranstaltet
habe, ebenso nicht.
Außerdem kenne ich niemanden, der die Rede über
mich halten könnte.

Ich lege nämlich allergrößten Wert darauf, dass in
meiner Trauerrede sämtliche Facetten meiner Persönlichkeit, einschließlich meiner Ticks, Spleens und
Marotten erwähnt werden. Und das würde bereits den
Rahmen sprengen. Außerdem gibt es keinen Menschen, der diese alle kennt.

Ich möchte entspannt von oben zuhören können, wenn
über mich geredet wird und das nicht in einer Trauerhalle. Wenn ich es mir aussuchen könnte, würde ich

im Frühling oder Sommer sterben und ein farbenfrohes Picknick unter freiem Himmel, auf einer Wiese, in meinem Garten oder auf einer Waldlichtung veranstalten.

Da ich nicht weiß, wer alles von mir Abschied nehmen will, erscheint es mir am einfachsten, wenn jeder etwas zum Essen mitbringt. Einen Dresscode wird es nicht geben. Alle sind eingeladen, auch Hunde sind herzlich willkommen.

Meine Gäste können guten Gewissens auf Kränze und Sträuße mit Schleifen, auf denen „letzte stille Grüße" stehen, verzichten. Ganz davon abgesehen mochte ich es noch nie, wenn man Blumen abschneidet und sie damit zum Tode verurteilt.

Auch braucht meine Urne keinen üblichen Urnenkranz. Die Gäste sind der Kranz, da sie im Kreis um mich herumsitzen.
Sie alle gestalten diese Feier mit, ob mit einer kleinen Rede, einer Geste, einem Lied oder einem Gedicht? Ich bin gespannt.

Für mich wird es jedenfalls die einzige Trauerfeier sein, die weder durchstrukturiert noch perfekt sein muss. Nur einen ganz konkreten Wunsch habe ich:
Mein Lieblingslied „Morning of my life" soll gespielt werden.

Da war noch...

..der Bestatter, dessen Regenschirm bei strömendem Regen mehrmals über seinem Kopf zuklappte.

..die Witwe, die mit der Urne ihres verstorbenen Mannes auf dem Kopf durch die Trauerhalle stolzierte.

..die Fledermaus, die durch die Trauerhalle flog und die Gäste zum Schmunzeln brachte.

..der Sargträger, der sich - Gott sei Dank - nur leicht verletzte, als er mit dem Kopf voraus in die Grube flog.

..der Bestatter, der beim Beisetzen der Urne an einem Baum auf dem nassen und schlammigen Waldboden ausrutschte und einen Lachanfall bekam.

..der schmächtige Fahnenträger, der beim Absenken der schweren Fahne vornüber kippte.

..der schwarze Rehbock, der während der Trauerfeier den Andachtsplatz im Ruheforst durchquerte.

..die Hose eines Bestatters, die sich bei der Beisetzung der Urne in zwei Teile teilte.

..der Gast einer Trauerfeier, der sich laut zischend eine Flasche Cola öffnete, diese zum Trinken ansetzte und auch die „Folgegeräusche" nur mäßig unterdrückte.

..die Orgel, die keinen Ton von sich gab und die Cellistin, die notgedrungen auf drei Saiten musizieren musste.

..der Leichenwagen, der einen Trauerzug anführte und mit einem Motorschaden auf der Strecke liegen blieb.

..die Heckklappe des Leichenwagens, die beim Herausnehmen der Urne auf den Hinterkopf einer Bestatterin schlug.

..der verwaiste Hund einer Verstorbenen, der an der Eingangstür zur Kapelle sein Bein hob.

..und das laute Schnarchen eines Gastes während meiner Trauerrede.

Warum ich Trauerrednerin wurde

Aufgewachsen bin ich mit meinen Schwestern Martha und Anna-Maria in einer katholischen Familie. Bei uns zu Hause wurde viel gebetet: morgens, mittags und abends. In den Wohnräumen hingen Kreuze und außerdem in unserem Wohnzimmer und im Kinderzimmer, direkt neben der Tür, Miniaturweihwasserbecken. Sie ähnelten der kleinen Toilette in meinem Puppenhaus.

Jeden Donnerstag um 16.00 Uhr ging ich mit meinen beiden Schwestern und unseren Freundinnen in den Kindergottesdienst, jeden Samstag in die sogenannte Vorabendmesse und meist noch zusätzlich sonntagsmorgens in den (10.00 Uhr) Kindergottesdienst. Damit fühlte ich mich richtig gut.

Noch allzu gut erinnere ich mich an meinen Kommunionunterricht und unseren Pfarrer Schönemann. Von ihm lernten wir Erstkommunikanten, dass die Sünde wie ein fauler Apfel sei. Um dies nie zu vergessen, malten wir einen Apfel mit einem Wurm in unsere Kommunionhefte.

Mit acht Jahren ging ich zur Heiligen Erstkommunion und erhielt mein erstes von vielen Heiligenbildchen, die ich fortan fleißig sammelte. Nach der Einnahme meiner ersten Hostie war ich stolz wie eine Königin. Ich kannte Hostien bereits aus der Weihnachtsbäckerei meiner Mutter.

Die wöchentliche Beichte gab mir das Gefühl, ein guter Mensch zu sein: frei von Sünden und anderen Schlechtigkeiten. Das wäre ich so gerne geblieben. Leider hielt das aber nie sehr lange an, denn meine Schwestern machten sich einen Spaß daraus, mich direkt nach der Beichte so lange zu provozieren, bis ich mich mit Schimpfworten und Wutausbrüchen dagegen wehrte. Und schon war meine Seele nicht mehr rein.

Gelernt hatte ich auch: Wer sonntags im Gottesdienst mit seinen Gedanken abschweift, der sündigt, genauso wie diejenigen, die die Hostie in ihre bereits gefüllten Mägen aufnehmen und nicht die vorgeschriebene Abstinenz, wie man sie nur von einer bevorstehenden Operation kennt, einhalten. Meine Freundin zeigte mir einmal voller Stolz eine Hostie, die sie in ihrem Gebetbuch versteckt hatte. Sicher auch eine Sünde – wahrscheinlich sogar eine sehr schwere.

Wer sündigt, muss Buße tun. In der Regel musste ich, je nach Schweregrad meiner Verfehlungen, zehn oder auch zwanzig „Vaterunser" oder „Gegrüßet seist du Maria" beten. Nach den Gebeten,

so versprach uns Schönemann, sollten unsere See-
len wieder weiß und somit rein sein.

Irgendwann, ich glaube, es war zu Beginn meiner
Pubertät, habe ich diese Gebete dann einfach nicht
mehr gesprochen um herauszufinden, was möglicherweise passieren würde. Ich verstand zur da-
maligen Zeit weder deren Inhalt noch sah ich einen Sinn darin, diese zwanzigmal hintereinander
aufzusagen.

Stattdessen habe ich mir mit gefalteten Händen
Geschichten ausgedacht und in Gedanken erzählt.
Wenn mir gar nichts mehr einfiel, las ich im aus-
gelegten Gesangbuch die Liedtexte rückwärts. Allerdings ging ich damit erneut mit dem Gefühl
nach Hause, eine Sünderin zu sein.

Etwa mit 14 Jahren begann ich kritisch über die
kirchlichen Glaubenssätze nachzudenken. Wieder
einmal auf dem Weg zur Beichte überlegte ich angestrengt, welche Sünden ich überhaupt vortragen
könnte. Mir fiel, wie schon viele Male zuvor,
nichts ein und ich getraute mich erstmalig, dies
auch Schönemann gegenüber auszudrücken.

Ich spürte immer klarer, dass ich mich nicht mehr
auf diese spirituellen Handlungen einlassen
konnte und wollte. Dieser Gott war mir zu abs-
trakt geworden.

Im Beichtstuhl packte mich plötzlich Ekel, als
Schönemann mal wieder seinen Kopf ganz nah
an das Holzgitter lehnte, das uns voneinander

trennte. Ich konnte seinen Atem riechen. Ich sagte ihm, dass ich mich in den vergangenen vier Wochen vollkommen korrekt verhalten und nichts Unerlaubtes getan hätte, nur um so schnell wie möglich mit der Absolution den Holzkäfig wieder verlassen zu können.

Mit seiner Antwort holte mich Schönemann allerdings schnell wieder auf den Boden der katholischen Realität zurück:

„So etwas gibt es gar nicht. Jeder Mensch ist ein Sünder und macht Fehler, jeden Tag und jede Minute. Du willst mir doch wohl nicht weismachen, dass du eine Ausnahme bist?"

Dieser Satz verfolgte mich noch Jahrzehnte lang und war ausschlaggebend dafür, dass ich fortan meine Gedanken in ein Tagebuch schrieb. Das habe ich bis heute nicht aufgegeben.

So wie früher kann ich heute keinen Gott mehr verehren und auch mit der katholischen Kirche, ihrem überalterten Gedankengut und ihren Maßregelungen habe ich gebrochen. Aber ich habe trotzdem manchmal noch ein schlechtes Gewissen – so wie damals als Kind.

Ich weiß, dass sich mittlerweile sehr viele Menschen von der Institution Kirche abgewendet haben. Die Zahl der Kirchenaustritte in Deutschland ist sprunghaft angestiegen und wächst weiter.

Allein im Jahr 2019 traten rund 270.000 Personen aus der Evangelischen Kirche und ca. 272.771 Personen aus der Katholischen Kirche aus. (Stand 22.07.2020)

Für diese Menschen möchte ich am Lebensende da sein und ihrem Abschied einen würdigen Rahmen geben, den die Kirche für sie nicht mehr bietet. Wie es ihnen damit geht, ob und woran sie heute glauben, darüber spreche ich oft in meinen Trauergesprächen.

mit freundlichen Grüßen

Zeitfracht Medien GmbH
Ferdinand-Jühlke-Straße 7
99095 Erfurt, Deutschland
produktsicherheit@kolibri360.de